プライド超新星2
発《はつ》
原案：れるりり
(Kitty creators)
著：藤並みなと
イラスト：大神アキラ
こじみるく
(Kitty creators)

「くらえ、ダイヤモンドダスト——！」
一面の銀世界——北の大地を掌握せよ！

「全地球凍結《スノーボールアース》!!!」

chubyou gekihatsu-boy
contents

厨病激発ボーイ

プライド超新星2

原案／れるりり(Kitty creators)
著／藤並みなと

22528

角川ビーンズ文庫

口絵・本文イラスト／大神アキラ
イラストカット／こじみるく（Ｋｉｔｔｙ ｃｒｅａｔｏｒｓ）

第一章　探索！サンライズマウンテン

「あいつら……ギリギリにもほどがあるでしょ」

「もう搭乗《とうじょう》案内が始まってるぜ」

「まさか、間に合わないというのか？　このノースオーシャンフィールド大遠征《えんせい》に……！」

じれったそうな部員たちの声を聞きながら、私は無意識に、祈《いの》るように両手を組んでいた。

　十一月中旬《ちゅうじゅん》。皆神《みなかみ》高校の二年生は今日から北海道《ほっかいどう》へ四泊《ぱく》五日の修学旅行だ。

　しかし、集合場所である早朝の空港に、野田《のだ》君と高嶋《たかしま》君の姿はなかった。

『トラブルがあって、今電車に乗った！』とグループラインがきたのは、集合時間直前。

　高嶋『搭乗時刻には間に合うから名雪《なゆき》先生に伝えて』

　厨『何があったんだよ？』

　野田『ピンチの妊婦《にんぷ》さんを助けてたら遅《おそ》くなった！』

　九十九『マジで!?』

厨『マジかｗｗ』

中村『なんと……』

聖『他《ほか》の人だったらウソだと思うけど……』

野田『転んだ拍子《ひょうし》に破水したらしい』

野田『タクシーは全然捕《つか》まらないし、すごい苦しそうだから救急車呼んだけどなかなか来なくて、焦《あせ》ったぜ』

高嶋『大和《やまと》は「おれが運ぶ」とか言い出したんだけど』

高嶋『結局ヒッチハイクして病院まで連れて行った直後、その病院のお医者さんがギックリ腰《ごし》になっちゃって』

野田『看護師さんも最低限しかいなくて人手不足なのに、もうすぐ産まれる〜ってなって』

中村『よもや分娩《ぶんべん》台まで付き添《そ》ったのか？』

野田『ああ！』

九十九『やば。赤子は無事だったわけ？』

野田『いきんで三分の超《ちょう》安産だ！　でも出産シーン見て智樹《ともき》が気絶しちゃって』

九十九『ｗｗｗｗｗ』
厨『何やってんだよ高嶋ｗｗｗｗ』
中村『軟弱《なんじゃく》な……ｗｗｗｗ』
高嶋『いや出産マジ壮絶《そうぜつ》だから！　トラウマもんだぞこれ……』
聖『高嶋君を介抱《かいほう》してから向かったから、こんな時間に……てことか』
中村『高嶋智樹には賠償《ばいしょう》金を請求《せいきゅう》せねばならんな』
高嶋『俺のせい!?　気絶してたの五分くらいだったし！　不慮《ふりょ》の事故だろ!?』

とりあえず安否が確認《かくにん》できてホッとしたのもつかの間、刻々と飛行機の搭乗時刻は迫《せま》り、いよいよF組から順番に搭乗口へと移動を始めてもまだ、彼らの姿は現れない。

E組、D組と乗り込んでいって、私たちC組は飛ばされて、B組……とうとうA組も呼ばれて、中村《なかむら》君と厨《みくりや》君が何度も振《ふ》り返りながら離《はな》れていく。

（早く来て、野田君、高嶋君……置いて行かれちゃうよ！）

ハラハラしながら通路の向こうを見つめていたら、ようやくお馴染《なじ》みの赤白帽《ぼう》と金髪《きんぱつ》頭が、名雪先生に先導されながら慌《あわ》ただしく近付いてきた。

「良かった、間に合ったー！」

「ギリギリセーフ！」

「いや、思いっきり遅刻《ちこく》してるからね？」

列に合流した二人に、安堵《あんど》しつつも思わずツッコむ。もう、本当に……良かった！


飛行機に乗り込んでシートベルトを着用したら、間もなく離陸《りりく》態勢に入った。

「歯を食いしばれ！　Gに備えるんだ！」

「ロケットじゃないんだから」

ぐっと椅子《いす》に体が押さえつけられるような感覚がした後、心地《ここち》いいとは言えない浮遊感《ふゆうかん》に包まれる。

窓の外の景色が斜《なな》めになって、ああ、飛んだ、と思った瞬間《しゅんかん》、機内に生徒たちの大きな拍手《はくしゅ》が起こった。ピーッと口笛まで鳴り響《ひび》く。

「みんな浮《う》かれてるね……」

「いよいよですものね」

頬《ほお》を薄《うす》く上気させ、微笑《ほほえ》むアリスちゃん。

かくいう私も、ワクワクしていた。

初めての北海道、みんなと、どんな体験ができるんだろう？

ぐんぐんと遠ざかっていく空港や海、埋《う》め立て地のギリギリまで密集したビル群は、もはや精巧《せいこう》なジオラマみたい。

あの一つ一つの建物に色んな個性や事情を持った人たちが暮らしていて、ついさっきまで私たちもあそこにいて……って、頭では理解してもなんだか現実味が薄かった。

「人類なんて、地表に蠢《うごめ》く蚤《のみ》みたいなものだね」

フッとシニカルに笑ってから、イヤフォンを装着する九十九《つくも》君。

「さらば、地球よ！」

かしこまった顔で敬礼する野田君。

「アニメチャンネルに『アイライブ！』発見！　『怪盗《かいとう》ショコラッテ』も……このＤＪわかってる～」

機内放送ガイドをチェックしてテンション上げる高嶋君。

「グハアッ……まずい、機内にはすでに敵が紛《まぎ》れ込んでいる！　俺の鼓膜《こまく》を破壊《はかい》しようと強力な超音波攻撃《こうげき》を……！」

「気圧の変化によるイヤーポッピングだろ。耳抜《ぬ》きのやり方をレクチャーしてやるよ」

わいわいと弾《はず》む生徒たちのおしゃべりに混ざって、A組の方からはあの二人の声が聞こえてきた。

最初からドタバタで先が思いやられるけど、私たちの修学旅行は、こうして幕を開けたのでした――。

☆★☆

新千歳《しんちとせ》空港に到着《とうちゃく》してから、貸し切りのバスで旭山《あさひやま》動物園へと向かう。

北海道はでっかいどう、って言うけど、本当だね。畑や野原がずーーっと向こうまで広がる雄大《ゆうだい》な風景を目の当《ま》たりにすると、圧倒《あっとう》された。まるで外国に来たみたい……！

遠くの山々はすっかり雪化粧《ゆきげしょう》している。

十一月の北海道は、東京の一月くらいの気温だっていうから、この時期からもう真冬並みなんだよね。

昼食は少し早い時間に、サービスエリアでジンギスカンを食べた。

中央部が膨《ふく》らんだジンギスカン鍋《なべ》っていう鉄板の上で、真ん中に味付きの羊肉、下の方に野菜を置いて焼く。

ジュージューと肉汁《にくじゅう》が滴《したた》って、いい匂《にお》いが漂《ただよ》い出すと、お腹《なか》がきゅうと小さく鳴った。

「ああっ九十九、それ俺が育てた肉！」

「ククッ、この世は弱肉強食。油断した奴《やつ》が悪いのさ……」

「仇《かたき》はとるぜ、智樹。秘技《ひぎ》、両手剣《けん》！」

「なっ……両手の箸《はし》で一気に二枚取りだと!?」

「すごいけどお行儀《ぎょうぎ》悪いよ！」

男子たちは肉の争奪《そうだつ》戦を繰《く》り広げてたけど、私は肉汁がしみ込んだシャキシャキのもやしや玉葱《たまねぎ》も美味《おい》しかったな。

旭山動物園に到着したのはお昼過ぎ。

「さっむ……！」

バスから外に出ると、肌《はだ》を刺《さ》すような冷気に襲《おそ》われ、手に持っていたマフラーを慌てて首元に巻いた。この辺は道内でも気温が低い地域らしい。

でも、空は綺麗《きれい》な水色の快晴！

ここからは班行動となり、私は野田君、高嶋君、九十九君、アリスちゃんと同じ班だ。

各自、冬の装備にリュックを背負い、野田君が意《い》気《き》揚々《ようよう》と拳《こぶし》を上げる。

「よし、行くぞー！」

「……あ」

歩き出してすぐ、後ろから九十九君の声がした。

「どうかした？」

「いや……なんでもない」

そう答えて、手にしていたパンフレットに視線を落とす九十九君。

「反時計回りに回るのがいいらしいから、最初は『ぺんぎん館』だね」

「翼《つばさ》を失いし企鵝《きが》たちも、母なる海の加護の下では、重力の軛《くびき》から解き放たれる……」

３６０度を水槽《すいそう》に囲まれた水中トンネルで、縦横無尽《じゅうおうむじん》に泳ぎ回るペンギンに見惚《みと》れていたら、そんな低音が響いてきた。

「ハロー、野田、高嶋。朝からスリリングだったな」

「ブラック！　グリーン！」

「……なんかいいことあったか、零《れい》？」

「べ、別に何も？」

中村君と厨君の傍《そば》には、ふわふわロングヘアの美少女の姿も。

「瑞姫《みずき》ちゃんたち、おはよう～。ペンギン、可愛《かわい》いねえ」

「菜々子《ななこ》ちゃん！　三人同じ班なんだ？」

目を丸くする私に、「うん」と微笑む菜々子ちゃん。

「あと、あそこにいる愛《あい》ちゃんと高橋《たかはし》君カップルが一緒《いっしょ》の班だよ」

ベッタリ腕《うで》を組みながらペンギンを観賞《かんしょう》している男女……ん？

あのカップルの男子の方、どこかで見たような、見てないような……。

「モブ4《フォー》の高橋だ」

眼鏡を押さえつつの中村君の説明に、あーと合点がいく。

そういえば、お悩《なや》み相談で彼女がいるって人がいたよね。あの子が彼女さんか……。

「次は『もうじゅう館』行こうぜ～！」

「ちょっと待て、野田。——高橋たちは、次はどこ見たいとかあるか？」

厨君が尋《たず》ねると、カップルは顔を見合わせてから、同時にでれっと相好を崩《くず》した。

「俺は愛ちゃんが行きたいところでいいよ♡　愛ちゃんの笑顔《えがお》が見れればそれでいい♡」

「も～、たーくんったら♡　大好き♡　でも愛は何度も来たことあるし、たーくんが行きたいところでいいよ♡」

おお、バカップル……もとい、ラブラブだね！

「愛ちゃんは小学校までは旭川《あさひかわ》に住んでたんだっけ？」

菜々子ちゃんの言葉に、「そうなの」と頷《うなず》く愛ちゃん。

結局、このまま二班一緒に道なりに回ろうということになった。


「うわ～、ユキヒョウ、かっけー！」

「最高！」

「スーパーハイセンス！」

空中にせり出した檻《おり》の中にいる白っぽい毛皮のヒョウを見て、歓声《かんせい》を上げる厨病《ちゅうびょう》ボーイズ。

旭山動物園は、動物たちの個性や生態がわかりやすいよう展示方法に色んな工夫《くふう》がしてあることで有名だ。

檻の真下に行くと、足の裏までふさふさの毛や大きな肉球が見えた……防寒と同時に雪の上でも滑《すべ》りにくいように、なんだって。

「ライオン発見！　やっぱライオンもかっけー！」

　強化ガラスのすぐ向こうで立派なたてがみを揺《ゆ》らしながら徘徊《はいかい》する猛獣《もうじゅう》を、キラキラした目で見つめる野田君。

「おれ、動物の中でライオンが一番好きだ！」

「そうなんだ……そういえば戦隊ものでもよくレッドのモチーフになってたりするっけ」

「ああ。『百獣の王』、全《すべ》ての動物のリーダーだからな！　ピンクの好きな動物は？」

「んー……ラッコかな。ぷかぷか浮《う》かんで、日向《ひなた》ぼっこしてるのが気持ちよさそう。前にネットで見た、二匹《ひき》のラッコが手を繋《つな》ぎながら寝《ね》てる写真もめちゃくちゃ可愛かったし」

「へー、見てみたいな。――俺はキリン。模様とか体形とか好きだし、普段《ふだん》は穏《おだ》やかだけど、実は首を振《ふ》り回したら一撃《いちげき》で猛獣に致命傷《ちめいしょう》を負わせたり、キック力もあったりで戦闘《せんとう》力も高いんだって」

　高嶋君の言葉に、「なるほど、ＫＩＲＩＮ……」とニヤリと笑う九十九君。

「高嶋にピッタリだね。生涯《しょうがい》『彼女（Ｋ）いない（Ｉ）歴（Ｒ）イコール（Ｉ）年齢《ねんれい》（Ｎ）』」

「はあ!?　俺には既《すで》に百人以上の彼女がいるっつーの！」

　二次元にね。

ＫＩＲＩＮか～、そういえばそんなネット用語もあったな。もうほぼ死語な気がするけど。

「オレが好きなのはヒョウだね。しなやかで俊敏《しゅんびん》、そしてスタイリッシュ」

「俺はオオカミだ。威風《いふう》ある外貌《がいぼう》、獰猛《どうもう》かつクレバー」

「俺はフェニック——」

「伝説の生き物は無しね！」

私が釘《くぎ》を刺すと、中村君はふうっとため息を吐《つ》いてから、「仕方あるまい」と肩《かた》をすくめた。

「ならばここは空の王者・ワシを推《お》すとしよう……」

「翼があるのが好きなんだね。そういえば、タカとワシってどう違《ちが》うんだろう？」

「タカもワシも同じタカ目タカ科に属する鳥だ。各地の生態系の中で比較的《ひかくてき》大きいものをワシ、小さいものをタカとしているが、明確な基準は存在しない」

大きさの違いだったんだ～。で、中村君は大きい方が好き、と。

「なんかあのキツネ、氷雨《ひさめ》に似てるな」

野田君がそう指摘《してき》したのは、檻の隅《すみ》に丸まって動かないホッキョクギツネ。

「あはは、確かに！」

「綺麗《きれい》な真っ白い毛皮でカッコいいのに、無気力な感じがそっくり！」

ツンドラ地帯などの極寒《ごっかん》地域に生息するから、体力温存のためにじっとしているらしい。

対照的に、隣《となり》の檻のレッサーパンダは頭上の吊《つ》り橋を器用に渡《わた》ったり、放飼場を駆《か》け回ったりと活動的だ。

「こっちは、野田君に似ている気がしますわ」

「ふふ、愛嬌《あいきょう》ある雰囲気《ふんいき》とか、人に見られてても平然としてマイペースな感じはそうかも。野田君ってたぬき顔なんだね〜、性格的には犬っぽいけど」

アリスちゃんに相槌《あいづち》を打つと、野田君は「えー、ライオンがいいのになあ」と頰《ほお》を膨《ふく》らませた。ライオンも似合うけどね。

「見て、シロフクロウだって。これは名雪先生かな？」

「うむ、名雪創思《そうし》からはフクロウの波動を感じる」

「森の賢者《けんじゃ》っていうもんね……中村君もフクロウっぽいかな？」

菜々子ちゃんのコメントに「どうかねー」と笑ったのは高嶋君。

「フクロウは猛禽類《もうきんるい》だからな……竜翔院《りゅうしょういん》ならウサギとか」

「むっ、高嶋智樹よ、それはどういう意味だ？」

ひ弱なところにスポットを当てるとそうなるのか。可愛《かわい》いけどね。

「確かにブラックは肉食ってイメージじゃないな。でも鳥が好きなら……あ、カラスとかどうだ？」

「ああ、カラスってすごく頭いいらしいね。黒いし」

納得《なっとく》して頷くと、中村君はフッと口元をほころばせた。

「なるほど、八《や》咫烏《たがらす》か……悪くはない」

勝手にグレードアップさせてない？

「動物にたとえると、か。オレはやっぱりヒョウかユキヒョウでしょ」

「ナンセンス。――零はこっちの『マヌルネコ』じゃねーの」

厨君が指さしたのは「小獣舎」にいる、頭にヒョウのような斑点《はんてん》があるモフモフしたネコ科の動物。

解説パネルに『足は速くないので、獲物《えもの》を狙《ねら》うときは「だるまさんがころんだ」の様な動きで少しずつ近づきます』と書かれていて、一同、噴《ふ》き出した。

「いいな、なんとなく残念な感じが九十九っぽい！」

「絶妙《ぜつみょう》なチョイスと言えよう」

「おまえら、人を何だと……」

拳《こぶし》を握《にぎ》ってぷるぷるしている九十九君にクスクス笑っていたけれど、ふと、少し離《はな》れたところから、前髪《まえがみ》が長めの小柄《こがら》な男子がこちらを睨《にら》みつけているのに気が付いた。

見覚えのないその男子は、私と目が合うとサッと視線を逸《そ》らして、スマホを弄《いじ》り始める。

「あれ、沼津《ぬまづ》君……班の他《ほか》の子たちは？」

菜々子ちゃんが声を掛《か》けると、彼はスマホから顔を上げないまま、ボソッと「さあね」と答えた。Ａ組の子なのかな。

「はぐれたなら、おれたちと回るか？　おれは２‐Ｃの野田大和だ！」

野田君が駆け寄ると、ギョッとしたように顔を引きつらせ、「ほ、ほっとけよ！」と言い捨てて早足で離れていった。

「――瑞姫はラッコでＯＫかもな。必死に貝を叩《たた》いてる姿が、ひたすらツッコみまくってるとこと被《かぶ》る」

気を取り直すように、厨君がたとえ話に話題を戻《もど》す。

「そういえばラッコって、お気に入りの石を体のポケットに入れて持ち運ぶらしいね。一見環境《かんきょう》に流されてそうだけど『自分』は持ってる、って感じも聖《ひじり》サンっぽいかも」

「いいと思うぞ！　可愛いしな！」

「そ、そう？　ありがとう……菜々子ちゃんはなんだろうね？　ふわふわして癒《いや》し系……アルパカ？」

「あっ、わかりますわ！」

「私はアルパカか～。じゃあ、アリスちゃんはハリネズミとか」

「合う合う！　ハリネズミもすごく可愛いよね」

「高嶋智樹はＫＩＲＩＮで良かろう」

「おい、ローマ字で言われた気がするぞ」

「二葉《ふたば》はクジャク」

「……まあ、嫌《きら》いじゃない」

朝篠宮《あさしのみや》会長は白鳥で、宝塚《たからづか》副会長は白馬、景野《かげの》君は山羊《やぎ》。虎之《とらの》助《すけ》君はトラで、莉夢《りむ》ちゃんはペットと同じヘビ？　などと盛り上がっていたところ――


「何それ！　ひどい！　たーくんのバカ！」


不意にそんな大声が響《ひび》いて、真っ赤になった愛ちゃんが、ダーッと走っていった。

「待って、愛ちゃん――」

「ついてこないで！」

拒絶《きよぜつ》されて固まる高橋君を見て、「私、追いかけるね」と菜々子ちゃんが代わりに愛ちゃんの後を追う。

高橋君と愛ちゃんは、ついさっきまで完全に二人の世界でイチャイチャしていたはずだ。

「そんな……愛ちゃ～ん！」

「何があったんだよ、高橋」

へなへなと地べたに座り込んだ高橋君は、野田君が尋《たず》ねると、半泣きで首を振《ふ》った。

「わからないよ……ただ『愛はなんの動物に似てると思う？』って聞かれたから、『愛ちゃんは子豚《こぶた》だね』って言ったら、いきなり怒《おこ》り始めて……」

子豚!?

「それは怒るんじゃない？」

「デブってことだろ？」

「なんでそんなこと言ったの!?」

驚《おどろ》く私たちに、高橋君は「そんなつもりじゃ……」と青くなる。

「だって子豚は可愛いじゃないか！　愛嬌《あいきょう》があって淋《さび》しがり屋で人懐《ひとなつ》っこくて、実は頭もいいんだよ！」

……なんと、高橋君は子豚愛好家だったのか。

「高橋……おまえ、モブといいつつマニアックな趣味《しゅみ》持ってんのな」

「マニアックじゃないし！　最近はセレブの間でもペットとして人気急上昇《きゅうじょうしょう》中なんだぞ」

「……とはいえ、あっちはそんなこと知らないだろうし。ピッグって言ったら普通《ふつう》は太ってるとか、食い意地はってるとか、そういうイメージだよな」

「愛ちゃんは全然太ってないじゃないか！　ちょっと丸顔だけどそこも可愛いし、本人は二の腕《うで》のぷよぷよがイヤって言ってたけど、別に気にするほどじゃ――」

「いやそれ、間違《まちが》いなく地雷《じらい》踏《ふ》んだよ」

九十九君が断言すると、高橋君はガーンとなったように目と口を開けた。

「うん……事実はどうあれ、本人が気にしてたんでしょ？」

「それなのに好きな人から豚とか言われたら、大ショックですわよね……」

私とアリスちゃんも口々に同意すると、どんどん青ざめていく高橋君。

その時、どこからかバロック式のパイプオルガンの音が鳴り始めた。

「む……ロザリーからの通信か」

何事!? と思ったけど、どうやら中村君のスマホの着信音だったらしい。

「うむ……うむ……そうか、了解《りょうかい》した。——ロザリーは坂下《さかした》愛の身柄《みがら》を確保したが、坂下愛は戻ってくることを拒否、別行動を希望しているとの報告があった。なお、当分は高橋の顔を見たくない故《ゆえ》、居場所は言うなと固く口止めされたそうだ」

通話を終えた中村君の言葉に、頭を抱《かか》える高橋君。

「最悪だ、せっかくの修学旅行なのに……俺はどうすれば……」

「まずは謝れ！　すぐ電話して、駄目《だめ》ならメール！」

「誤解だって説明して、謝り倒《たお》すしかないぜ」

「うん、謝罪が遅《おそ》くなるほどこういうのは長引くよ」

私たちのアドバイスに高橋君は頷《うなず》くと、何度か電話をして、繋《つな》がらなかったので、今度は長いメールを送った。

しばらくして、愛ちゃんから、メッセージが届いた。

『愛が好きな動物を当てられたら許してあげる。ヒントは①水。②知能が高い。③野田君。この動物園で見つけて、写真を送ること。チャンスは三回』

「――知能が高い野田ってなんだ⁉」

「激しく矛盾《むじゅん》している……！」

戸惑《とまど》う一同に、「頼《たの》む、ヒーロー部！」と両手を合わせる高橋君。

「愛ちゃんの好きな動物捜《さが》し、手伝ってくれ～」

「ああ、任せとけ！」

☆★☆

力強く了承したものの、そう簡単には思い当たらない。

「水に棲《す》む動物で、知能が高いっていうと、イルカやラッコ？」

「でも旭山動物園にはいないよな……アザラシはいるけど、賢《かしこ》いんだっけ？」

「芸は覚えるが、とりわけ知能が高いという印象はないし、野田大和との共通点も思い当たらないな……」

「この動物園にいて、水と関係ありそうな動物だとペンギン、シロクマ、カバ……？」

「どれもピンと来ねーな」

　とりあえず、園内を回りながら答えを探すことにした。実際見てみないとわからない水辺とかあるのかもしれないし、解説パネルにヒントがある可能性もあるしね。

「オオカミの森」、「エゾシカの森」、「トナカイ舎」、「両生類・は虫類舎」などを回って、次に来たのは、高い天井《てんじょう》の「おらんうーたん館」。

　壁《かべ》にはロッククライミング用の石がはめ込まれ、いたるところにロープやハンモックが吊《つ》るされている施設《しせつ》内を、オランウータンはその長い腕と強い握力《あくりょく》を生かしてひょいひょいと移動している。すごい運動能力だ。

「オランウータンって知能高いよな。あの身軽さもまあ大和っぽいけど……」

「水ってのに、当てはまらないよね」

とりあえず写真は撮《と》ってから、屋外に出る。

すぐ傍《そば》には、樹《き》の上で暮らすオランウータンの動きが更《さら》によく観察できるよう設置された、地上十七メートルの空中遊技場があった。

梯子《はしご》や吊り輪がついた高い塔《とう》、その真ん中には浮かび上がるように球形のジャングルジムが造《つく》られていて、塔のてっぺんからは離れたところに立っているもう一つの塔へ渡《わた》れるようロープが張られている。

ただ、オランウータンは寒さに弱いので冬場は使用されていないとのこと。

ちょっと残念……と思っていたら、近くから「えーん」と子どもの泣き声が聞こえてきた。

「わたしの風船が～」

よく見ると、塔の先端部分に、赤い風船が引っかかっている。

ありゃ、飼育員さんにお願いしたらとってもらえるかな……？

直後、隣《となり》にいた野田君が空中遊技場を囲む手すりにひょいっと乗り上がると、高くジャンプして球形ジャングルジムの端にぶら下がったので、度肝《どぎも》を抜《ぬ》かれた。

「野田君⁉」

野田君は、体の反動を利用してジャングルジムに足を掛けると、塔のてっぺんの風船目指してあっという間に登っていく。

あ〜、また無茶して……！

冷や冷やしながら見ていたら、不意にカシャッとシャッター音が鼓膜《こまく》を震《ふる》わせた。

振《ふ》り向くと、スマホを上にかざした前髪《まえがみ》長めの男子の姿……沼津君、だっけ。

沼津君は私の視線に気付くと顔を背《そむ》け、スマホをポケットにしまった。

再び空中に視線を戻《もど》すと、すでに野田君は風船を確保していて、紐《ひも》を口にくわえてキープしながら帰路についていた。

周囲の来園者がどよめく中、するすると塔を降りてきて、ジャングルジムから飛び降りる形で地上に戻ってくる。

「――ほら、風船！　今度は離《はな》さないようにな」

「ありがとう！　お兄ちゃん、すごいね〜！」

女の子はニコニコと嬉《うれ》しそうに受け取っていたけど……。

「野田君！　危ないことしちゃ駄目でしょ！」

「大和なら平気だとしても、万が一ってこともあるんだからな！」

「すまん、つい反射的に体が動いて……」

私たちに怒《おこ》られてバツが悪そうに笑っていた野田君は、向こうからスタッフらしき人が走ってくるのを見て「まずい」と青くなった。

「説教聞いてる暇《ひま》はないぞ！　逃げろ！」

お騒《さわ》がせしてすみません！　と心の中で謝りながら、私たちは慌《あわ》ててその場から駆《か》け出した。

☆★☆

次にやってきたのは「くもざる・かぴばら館」。

例によって冬季は屋内展示のみなのだけど、屋外の放飼場には木をイメージした巨大《きょだい》遊具とプールが併設《へいせつ》され、上はジェフロイクモザル、下はカピバラが共生する様子が観察できるようになっている。

「第五の手足」と呼ばれる尻尾《しっぽ》を器用に檻《おり》やロープに巻き付け、動き回るジェフロイクモザルは、その活発さが野田君らしいと言えばらしい。

「ここならウォーターもあるが、知能はどうなんだろうな？　霊長類《れいちょうるい》だし尻尾の使い方見ると賢そうだが」

「ググってみよう……おっ、『ジェフロイクモザルは非常に賢いサルとして知られています』だって！」

「これはキタんじゃない？」

高橋君は嬉々《きき》として写真を撮り、愛ちゃんに送信。

返事はすぐに来た。

「ハズレだって……」

続けて見た「チンパンジーの森」、「さる山」にも小川や水場はあったのだが、とりあえず写真だけ撮って、他《ほか》を一通り回ってから検討することにする。

「北海道産動物舎」「こども牧場」「クジャク舎」……と見物した後、おっ、と私たちが注目したのは「かば館」にいたダチョウだ。

まず、屋内飼育場に水場を確認《かくにん》。ヒント①、クリア。

「ダチョウの時速は約六十キロ……野田君も足がとっても速いですわよね」

「そういえば野田君、前に調理実習でダチョウの卵を持ってきたことあったっけ」

「鳥類最大サイズなんだから、脳みそもでっかいんじゃないか⁉」

野田君が期待に声を弾《はず》ませたところで、「いや」と中村君が首を横に振った。

「ダチョウの体重は百キロを超《こ》えるが、そのうち脳みそは僅《わず》か四十グラム……片方の目玉よりも小さい。飼育員の顔はおろか、自分の家族すら忘れるほどの記憶《きおく》力だという」

そんなアホなの⁉

「だが、ダチョウは非常に高い免疫《めんえき》力を持ち、滅多《めった》に病気にかからないし怪我《けが》をしても驚《きょう》異《い》的な回復力を誇《ほこ》る。近年ではそのウイルスや細菌《さいきん》を不活性化させる抗体《こうたい》から開発されたマスクが、医療《いりょう》機関等で利用されているそうだ」

なんと……バカは風邪《かぜ》ひかない、の究極体みたいな動物なのね。

よくメディアで紹介《しょうかい》される太い円柱状の水槽《すいそう》を泳ぐアザラシや、ホッキョクグマも見て、園内の動物は全《すべ》て網羅《もうら》した。

「結局、条件を満たしそうなのはチンパンジーとサルか……チャンスはあと二回残ってるから、どっちか送ってみるか？」

高嶋君の言葉に、高橋君は「うーん……」と腕《うで》を組んでから、不安そうに頷《うなず》く。

「じゃあ、とりあえず、サルを送ってみよう」

ほどなくして、「ハズレ」と返信。

「うわああああ、ヤバいヤバい、どうしよおおおお」

「おれのカンでは、チンパンジーじゃないぞ」

「ああ、やっぱ霊長類だと一つ目のヒントにあえてウォーターをもってくる意義が見えないんだよな……」

「見逃《みのが》した動物とか、いないよな？　パンフに載《の》ってない知る人ぞ知る動物とか……」

「仮にいたとしてももうすぐ集合時間だし、そんな僻地《へきち》に写真撮《と》りに行く暇ないでしょ」

……完全に行き詰《づ》まってしまった。

「すみません、ちょっと休憩《きゅうけい》していいでしょうか？」

「そうだね、あそこにベンチあるし、座って考えよう」

ずっと歩きっぱなしで、もう足腰《あしこし》がくたくただ。

アリスちゃんと休憩所に行ったところで、ハッと息をのみ、慌てて男子たちを呼んだ。

「ねえ、これじゃない!?」

見つけたのは、赤いタコの形をしたレトロな水飲み場。

「——なるほど、タコは無《む》脊椎《せきつい》動物の中で最も知能が高いというな」

「野田君＝レッド、ってことで、全ての条件を満たしますわね」

ちょっと変則技《わざ》だけど、愛ちゃんは小さい頃《ころ》からこの動物園に何度も来たことがあるって言ってたから、このタコの水飲み場を覚えていて、あえてひねった問題を出した可能性は十分ありえる。


「よし……ラストチャンスは、これに賭《か》けよう！」

震《ふる》える指で送信ボタンを押す、高橋君。

ゴクリ、と固唾《かたず》をのんで一同が見守る中。

着信音が響《ひび》く。


「——やったー！　正解！」

高橋君が飛び上がって快哉《かいさい》を叫《さけ》んだ直後、「たーくん」と建物の陰《かげ》から愛ちゃんが、菜々子ちゃんとともに姿を現した。

「よく見つけられました。ご褒美《ほうび》に、ひどいこと言ったのも許してあげます」

「愛ちゃ～ん、ごめんよ、俺、そんなつもりはなかったんだよ……」

「そんな情けない顔しないで。でも、愛のために一生懸命《いっしょうけんめい》なたーくんも可愛《かわい》い♡」

「愛ちゃん♡」

仲直りできて、めでたしめでたし。

「でも、愛ちゃんの好きな動物ってタコなんだ？」

「そうなの、めちゃくちゃ可愛いでしょ？　たーくんを好きになったのも、どことなくタコっぽいからだよ♡」

「……タコっぽい……？」

解釈《かいしゃく》に困る裏話をニコニコと告げる愛ちゃんに、微妙《びみょう》な表情を浮《う》かべる高橋君。

えーと、感性は人それぞれだね……。

「――ってヤバい！　もう集合時間三分前だ！」

九十九君の焦《あせ》りの声に、みんなサーッと青ざめる。

「急げ、全力ダッシュだ！」

幸い集合場所は近かったので、ギリギリ遅刻《ちこく》は免《まぬか》れた。

「はい、野田君班、全員揃《そろ》ってますね」

バスの前での名雪先生のチェックも済んで、ゼエゼエと息を弾ませながらも、良かった……と胸を撫《な》で下ろしたけれど、ふと振《ふ》り返った時に、こちらを見ていたっぽい生徒数人から、パッと視線を逸《そ》らされる。

え……？

「ピンク、どうした？　忘れ物か？」

「あ、ごめん、大丈夫《だいじょうぶ》」

バスの入り口を塞《ふさ》いでしまっていたことに気付き、急いでステップを駆《か》け上がった。

まあ、この人たちがなにかと注目されるのはいつものことだしね……ただ、いつになく冷ややかな空気を感じたから、少しだけ気になった。

「旭山動物園、素敵《すてき》なところでしたね」

「うん、なんだかんだありつつも、たっぷり堪能《たんのう》できてよかったね。お土産《みやげ》買う時間がなかったのはちょっと残念だけど」

「確かに……でも、チャンスはまだまだたくさんありますわ」

修学旅行は始まったばっかりだもんね。

遥《はる》か彼方《かなた》まで続くような大地が広がる窓の外では、ひらひらと雪が舞《ま》い始めていた。

カシャッ

第二章 全集中・雪の呼吸！

夕食はホテルのレストランで、北海道の味覚がより取り見取りのバイキング。

「……っ……美味《おい》し～！　海の幸《さち》、万歳《ばんざい》！」

「こんな大粒《おおつぶ》のイクラを盛り放題とかヤバいな！　ホタテもボタン海老《えび》もぷりっぷり！」

「クク、毛ガニ、タラバ、ズワイ。全《すべ》てのカニをこの皿に掌握《しょうあく》したぜ……」

「やっぱ肉！　肉ー！　十《と》勝牛《かちうし》も仔羊《こひつじ》のステーキも、目ん玉飛び出るくらい美味《うま》いぞ！」

「ラクレットチーズをポテトやソーセージに絡《から》めて食べるのも最高《エクセレント》だぜ」

「わたくしはサーモンのカルパッチョが一番好きですわ」

「お野菜もどれも新鮮《しんせん》で美味しいよ。バーニャカウダのソースが合う～」

「完熟メロンにコクのある生クリーム……デザートまで完璧《かんぺき》、と認めざるを得まい……」

本当に何を食べても美味しくて、大満足に浸《ひた》りながら、レストランを後にする。

「あ、お土産、何があるか見ていこうぜ！」

「そうだね、莉夢ちゃんたちが喜びそうなもの、あるかな？」

部屋に戻《もど》る途中《とちゅう》にあったお土産コーナーに立ち寄ると、すでにお店の中は皆神高生の姿でいっぱいだった。

「ねえ、このキツネ、めっちゃ可愛《かわい》くない？」

あ、同じクラスの神尾《かみお》さんグループだ。

「ヤバ、マジ可愛い！」

「え、欲しいんだけど」

「あっ、じゃあさ、みんなでおソロで付けない？」

河村璃星《かわむらあきほ》ちゃんの提案に、他《ほか》の三人も「それいい」「アキ、ナイス！」と賛成し、おそろいでキタキツネのバッグチャームをレジに持って行く。仲いいな。

私はアイヌ文様があしらわれたハンカチやグラス、マスキングテープなどの雑貨が気になった。

「おっ、トランプがある！　持ってくるの忘れたから、今買うか」

目を輝《かがや》かせた野田君に、「チッチッチッ」とわざとらしく人差し指を振る九十九君。

「今夜はオレがとびっきりのブツを仕入れてある……楽しみにしておくがいいさ」

「へえ、じゃあこの後ピンクの部屋で集合――」

「ちょい待ち。駄目《だめ》だよ、部屋には他の女子もいるし、去年バレてすごく怒《おこ》られたでしょ？今年はもう絶対、来ないで」

私がきっぱりと拒絶《きょぜつ》すると、野田君は「むう……わかった」と渋々承諾《しぶしぶしょうだく》した。


「それにしても、エキゾチック＆ミステリアスなデザインだな」

「まるで魔法陣《まほうじん》の如《ごと》き引力を感じる……」

「あ、ちょっとわかるかも。なんだか不思議な模様だよね」

「アイヌ文様にはまさしく、魔除《まよ》けの呪力《じゅりょく》があると信じられていたそうですからね」

渦巻《うずまき》や棘《とげ》などのモチーフが組み合わさった、アラベスクにも似た独特の模様になっていたら、近くにいた名雪先生が教えてくれた。


「そうなんですね……先生が持ってるのは、木彫《きぼ》りの熊《くま》、ですか？」

定番中の定番とはいえ、渋いチョイスだ。私が言うのもなんだけど。

「この木彫りの熊も、材料の槐《えんじゅ》の木を『延寿《えんじゅ》』とかけて、魔除け・厄除《やくよ》けの効果があるということなので。氷雨へのお土産です」

果たして氷雨さんはこれを喜ぶのだろうか……。

「そういえば名雪先生ってオカルト好きなんだよな〜、物理教師なのに」

高嶋君の言葉に、ふふ、と微笑《ほほえ》む名雪先生。

「科学は好きですが、科学では解明しきれないことも大好きなんです」

この先生も、厨二《ちゅうに》的な部分を結構持ってるよね……。

＊＊＊

大浴場を出て、自販機《じはんき》でお茶を買うと、宙翔《ひろと》はロビーの隅《すみ》の椅子《いす》に腰《こし》を下ろした。

（修学旅行なんて、最悪だ……）

植え込みの陰《かげ》になっている席から、楽し気に行きかう皆神高生たちを眺《なが》めながら、内心でもう何度目か知れない呪詛《じゅそ》を吐《は》く。

数合わせで入れられた班の他のメンバーは、仲良しグループに異物として入り込んだ宙翔を表向きは親切に受け入れたが、煩《わずら》わしく思っているのがバレバレだった。

その証拠《しょうこ》に、宙翔が動物園でさっさと班を離《はな》れても引き留めるそぶりを見せなかったし、明らかにホッとしているようだった。


人の目を見て喋《しゃべ》れなくなったのは、いつからだろう。

どいつもこいつも、内心は何を考えているかわからない。善人ぶっていたって、本当は嫉妬《しっと》、侮蔑《ぶべつ》、嫌悪《けんお》にまみれ、自分さえ良ければそれでいいって奴《やつ》が大半だ。

人とのかかわりがどうしようもなく面倒《めんどう》くさくなって、気付けばすっかり孤立《こりつ》していた。

中にはいい奴だっているのは知っているけど、誰《だれ》と何を話しても、大概《たいがい》宙翔は後悔《こうかい》する。

その時は珍《めずら》しく色々話せて楽しい時間を過ごせたと思っても、しばらくすると、自分ばかりが勝手に盛り上がって空回っていたんじゃないかとか。

あそこで微妙《びみょう》な反応だったけど、もしかしたらすごく失礼なこと言って傷つけたり、無神経に不快な思いをさせてしまったんじゃないかとか。

あの時なんであんなこと言っちまったんだろう、と思い出しては奇声《きせい》を上げて、ギャー、ヤバい恥《は》ずかしい死にたい……と悶絶《もんぜつ》するのだ。

　そんな宙翔でも、気兼《きが》ねなく会話できるのが、桜原《さくらはら》中学で同じ部活だったあの二人だ。『あの事件』以来、二人は部活に来なくなって、連絡《れんらく》も取らなくなっていたけれど、同じ皆神に進学したこともあってずっと気になっていた。

〈神月《かみつき》〉が野田の赤白帽《ぼう》を隠《かく》したのを目撃《もくげき》した時は、驚《おどろ》いたけど、共感した。

　宙翔だって、ヒーロー部の痛い言動にいたたまれない気持ちになっていたから。

　あんなに自意識過剰《かじょう》で、独りよがりの恥ずかしい奴らなのに、皆神高生の多くはむしろ彼らに好意的で、最近では持て囃《はや》してさえいるようで。

　そのせいかヒーロー部の連中も、すっかり調子に乗って、ますますやりたい放題で、宙翔はずっと腹立たしく思っていた。

　でも〈神月〉は俺と同じなんだ……同じ気持ちを、共有できる。

　そう思ったら嬉《うれ》しくて、ありったけの勇気を振《ふ》り絞《しぼ》って、およそ三年ぶりに、メールをした。

——二分後に返事が来て、飛び上がるほど驚喜《きょうき》した。

〈K〉からもすぐにメールが来て、内容は悪口の言い合いだけど、彼らとまた言葉が交《か》わせることに感動した。

彼らと一緒《いっしょ》に過ごした日々は楽しかった……と回想しかけたところで、同時に黒歴史も蘇《よみがえ》ってきて、うっかり奇声を上げそうになる。

(いやもうアレは過去だから！　もうあんな馬鹿《ばか》なことしないし！)

必死に意識を逸《そ》らそうとしたところで、スマホが震《ふる》えた。ラインの着信。

神月『北海道グルメ』

そんな言葉の後、夕食のバイキングの写真が立て続けにアップされる。

K『美味《うま》そう。自慢《じまん》か！』

神月『来年まで楽しみにしておきなさい。沼津君はどれが一番好きだった？』

〈Ｗｉｎｇ〉とは呼ばないんだな、というのに少しだけ寂《さび》しさを覚えながら、返信する。

『ウニ。今まで好きじゃなかったけど、美味すぎてびびった』

神月『わかる』

最近はこんな、雑談メールも時折交わすようになっていた。

宙翔も彼らとなら、不思議と変な気を遣《つか》わずにやりとりできる。

二人とも高校に入って随分《ずいぶん》雰囲気《ふんいき》が変わったし、直接の会話となると、また勝手が違《ちが》うのかもしれないけれど……悪い奴らじゃないことを知ってるし、すでに互《たが》いの恥ずかしい部分をさらし合っているからかもしれない。


ただ、〈神月〉はヒーロー部の言動が本当に苦手らしい。

宙翔だって、あいつらが痛々しい振る舞《ま》いをするたびに、まるで自分が恥《はじ》をかいているような感覚に襲《おそ》われてたまらない気持ちになるけれど、三人の中でも一番デリケートで他人に感情移入しやすい〈神月〉は、もっときついのだろう。

（あの子のためにも、奴らをこれ以上のさばらせるわけにはいかない……！）

使命感のようなものを感じながら、宙翔はとあるサイトにアクセスする。

昼頃《ごろ》に、彼はそこに一枚の写真と文書を投稿《とうこう》していた。

そろそろ、何か反応がきているだろうか……。

「……！」

画面をスクロールし、自分の投稿が波紋《はもん》を広げている様を確認《かくにん》した瞬間《しゅんかん》、ゾクゾクするような興奮と快感が沸《わ》き起こった。

（すげえ、俺、注目されてる……こんなに影響《えいきょう》を与《あた》える力が、俺にもあるんだ……）

全身に広がるのは、ほとんど根源的とも思える歓《よろこ》び。

（これが承認欲求ってやつか……やべえ、クセになりそう。でも、俺は注目されたくてやってるわけじゃないし。害悪なヒーロー部を懲《こ》らしめるためだからな）

自分に言い聞かせながらも、嬉しくて嬉しくて、暗い笑《え》みが浮《う》かぶのを抑《おさ》えられない。

自分の投稿とコメント欄《らん》を何度も読み返してから、ふうっ、とため息をついて顔を上げる。

直後、グループで笑っている生徒たちから通りすがりに一瞥《いちべつ》されて、急にいたたまれなくなり、逃《に》げるようにその場を離れた。

（ぼっちがそんなに珍しいかよ！　どいつもこいつも人のことを馬鹿にした目で見やがって……今頃あいつら、非モテの陰《いん》キャ、キモ～って嘲笑《ちょうしょう》してるんだろ！　クソクソクソ！）

エレベーターで自分の部屋の前まで戻《もど》ってきたところで、足が止まる。

修学旅行の部屋と班を決める日、宙翔は学校を風邪《かぜ》で欠席しており、教師に勝手に決められた部屋はよりにもよって――ヒーロー部の中村和博《かずひろ》と厨二葉と同室だったのだ。

（クソ……どこまで最悪なんだよ）

だが、いつまでもここで立ち止まっているわけにもいかない。

観念して扉《とびら》を開けて――唖然《あぜん》とした。

「フハハハハ、これで終わりだ！」

「あっ、やったなパープル！」

「うわー、残り一機！　空良《そら》ちゃん、俺に力をー！」

「今こそ竜翔院凍牙《とうが》の真価を見せてやろう……！」

「あ、沼津、早くドア閉めろ！　ハリーアップ！」


部屋には野田、高嶋、九十九までやってきて、テレビゲームで大騒《おおさわ》ぎをしていたのだ。

（わざわざ家からゲーム一式持ってきたのか!?　マジで馬鹿だこいつら……！）

「お邪魔《じゃま》～、次、沼津もやるか？」

「や、やらねーよ」

悪びれた様子もなく声を掛《か》けてきた高嶋に、つかえながら答えて端《はじ》っこのベッドに腰掛《こしか》ける。

本当は怒鳴《どな》り返してやりたかったのに、小心者の自分が情けなかった。

（勝手に部屋に上がり込んでんじゃねーよ！　ああもうマジで最悪オブ最悪！　……でも『アルⅣ』か。使用キャラはタリオとミンク、マンダムにナイトシャドウ……マンダム以外は素人《しろうと》、マンダムも多少やり込んでそうだけど技《わざ》の繋《つな》ぎが隙《すき》だらけだな……）

ウザい、と思いながらも彼らがやっているゲームは宙翔も毎日プレイしている神ゲーだ。

ついついチラ見していたら、

「やっぱり沼津も一緒にやろうぜ！　ホラ！」

野田からコントローラーを渡《わた》された。

「い、いいよ」

「遠慮《えんりょ》するなって！」

「～じゃあ、俺が勝ったら、おまえら、すぐにこの部屋から出て行け！」

「！」

意を決して宣告すると、野田たちは目を丸くしてから、ニィッと笑顔になった。

「よし、男と男の真剣《しんけん》勝負だ！」

——瞬殺で、宙翔が勝利した。


「すっげえええ、沼津、めちゃくちゃ強いな！」

「一対三で圧勝!?　ヤバすぎんだろ」

「まさかこれほどの強者が埋《う》もれていたとは……とんだダークホースだな」

「……ほら、約束通り、帰——」

宙翔が言いかけたところで、今度は観戦していた残り二人がコントローラーを握《にぎ》る。

「フッ、野田たちでは話にならない、か……仕方ない、このオレが出よう」

「真打登場、ってやつか。零、足引っ張んじゃねーぞ」

「…………」


——秒殺だった。

「オ、オレのマンダムがこんなにあっさり……⁉」

「ワンモアタイム！　キャラ替《か》えていいか⁉」

「おれももう一度沼津とやりたい！」

「はあ⁉　負けたら出ていくって……」

「沼津、こんな特技あったんだな。マジすげー！」

「無駄《むだ》の一切《いっさい》ない洗練の極《きわ》みのようなモーションだった。他《ほか》のキャラクターも同様に修練しているのならば、是非《ぜひ》見てみたいものだ」

「…………つ、次が最後だからな」

＊＊＊

「で、夜遅《おそ》くまでゲーム大会してたの？」

朝食時、ヒーロー部＋アリスちゃん、菜々子ちゃんで集まったテーブルで。

目を丸くする私に、野田君は海鮮丼《かいせんどん》を頬張《ほおば》りながら「ああ！」と頷《うなず》いた。

「白熱したぜ」

「何回やっても沼津に勝てなかったけどな～」

「あいつ、『アルⅣ』ガチ勢だよね」

「大丈夫《だいじょうぶ》？　無理やり押しかけて、迷惑《めいわく》だったんじゃない？」

「最初は出て行けって言ってたけど、なんだかんだ楽しそうだったぜ……お、噂《うわさ》をすれば」

料理の載《の》ったトレーを持って席を探していた様子の沼津君は、高嶋君や野田君が手を振《ふ》ると、ギクッとしたように顔を引きつらせ、無言でそそくさと離《はな》れていった。

「今朝方、ともに酒場へ行くかと声を掛けたが、自分に構うなと言っていた。あの男にも、あの男の戦場があるのだろう……」

「てか普通《ふつう》に避《さ》けられてるよな。おまえら、もうあいつのことは放《ほ》っとけよ」

厨君が冷静に指摘《してき》すると、野田君は「ううむ」と腕《うで》を組んだ。

「とりあえず、うちの部屋に来るのはやめとけ」

「……確かに、誰《だれ》でも聖や厨みたいにはいかないよな～」

「それは、そうだな」

高嶋君の言葉に、コクリと同意する野田君。

「それにしても、わざわざ荷物増やして、先生に見つかったら没収《ぼっしゅう》されるかもって危険を冒《おか》してまでゲーム……？」

「危険を冒してこそ、だよ。スリルがいいのさ」

「そうそう、あえての修旅で！」

「家でやるより断然盛り上がるぜ」

呆《あき》れる私に、得意げに語っていた厨病《ちゅうびょう》ボーイズだったけれど。


「――ゆうべはお楽しみでしたね」


突然《とつぜん》背後から某《ぼう》宿屋の主人みたいな台詞《せりふ》を言われて、ピシッと固まった。

「な、名雪先生……!?」

「修学旅行で浮《う》かれる生徒は君たちだけではありませんし、多少羽目を外していても目をつぶりましたが……今夜は他の先生が見回り係なので、くれぐれも気を付けてくださいね」

ふふ……と底知れない笑顔《えがお》とともに、忠告される。

……バレバレだったみたいだね？

☆★☆

北海道二日目はスキー・スノボ体験。

どっちでも選べるんだけど、ヒーロー部は全員スノボを選択《せんたく》した。

スキー場はホテルのすぐ傍《そば》、というか、スキー場の中にホテルがあるようなロケーションなので、ホテルでウェアに着替《きが》えて、ゲレンデに出る。

これぞ一面の銀世界！

見渡《みわた》す限りに積もった真っ白の雪が、陽光を反射して、眩《まぶ》しいくらいに輝《かがや》いている。

凍《い》てつくような寒さも、非日常感を増幅《ぞうふく》させて、ワクワクした。

「全属性魔法《まほう》を操《あやつ》る竜翔院凍牙が最も得意とするのが、氷魔法……ここはまさしく、俺のフィールドだ」

自信満々でボードを片足に固定し、立ち上がった中村君だが、直後「ごにゃっ」と奇声《きせい》ともに転倒《てんとう》する。

「ぐぼっ」「何っ」「馬鹿《ばか》なっ」「こんな、ことが……」と呻《うめ》きながら、まず立つことさえままならない中村君は、五度目に転んだところでハアハアと息を乱しながら、カッと目を瞠《みは》った。

「そ、そうか……磁石のS極とS極は反発する！　同様に、俺の中の巨大《きょだい》すぎる氷の魔力《マナ》がこの雪原と激しく衝突《しょうとつ》しているのだ……！」

「うまくいかないもんだねえ」

傍《かたわ》らで見ていた菜々子ちゃんが、残念そうにコメントする。

「ゲレンデの（脳内）デートは五回目だからな！　イメトレはばっちりだぜ！」

そう言って滑《すべ》り出した高嶋君も、へっぴり腰《ごし》で数メートル進んだと思ったらどしゃっとお尻《しり》から転んだ。実際に滑るのは初めてらしい。

そんな高嶋君の近くに、シャーッと滑ってきて危なげなくターンブレーキをかけたのは、九十九君だ。

「ハハハ、おまえら凡人《ぼんじん》はそうやって、地べたに這《は》いつくばっているのがお似合いだ……！」

スノボ経験はそこそこあるという九十九君は、してやったりのヴィラン顔でそう言い放ったけど。


「うわあああああああああああ」

「はあ⁉　ちょ、来るなゴフウッ」


叫《さけ》び声とともに雪だるま化した野田君が転がってきたと思ったらぶつかって、二人まとめて雪の上に倒《たお》れ込む。

「止まった……すまん、パープル」

「おまえ、どんだけ転がったらああなるんだ⁉　初心者ならまずは麓《ふもと》で練習しろ！」

「確かに。野田君も今日がスノボ初めてなんでしょ？　無茶《むちゃ》しちゃ駄目《だめ》だよ」

「いや～、いちいち登るの大変だと思ってな」

プルプルッと頭を振って雪を払《はら》い落としてから、あっけらかんと答える野田君。

ほんと怖《こわ》いもの知らずだな……。

ちなみに私は二回目なので、やっぱり初心者だ。

まもなく、皆神高生はレベル別にインストラクターの講習を受けることになっている。


「――フィニッシュ！」

ハイスピードで滑り降りてきた厨君が、高くジャンプし、シャアッと雪をまき散らしながら鮮《あざ》やかに着地を決めると、九十九君以外の部員全員が「お～」と感嘆《かんたん》の声を上げた。

「いいなあ、おれも早く滑れるようになりてー！」

両手を握《にぎ》りしめ、目をキラキラさせる野田君に、厨君はゴーグルを額に押し上げて、フッと笑う。

「おまえならすぐここまで来れるだろ」

そして腕をまっすぐ上に伸《の》ばし、人差し指で天を示しながら、不敵に一言。

「――上で待ってる」

は、腹立つな～。

「雪の呼吸、壱《いち》ノ型、雪閃乱舞《せっせんらんぶ》ー！」

叫びながらシャッシャッシャッシャッと斜面《しゃめん》を滑降《かっこう》し、勢いよく宙に舞《ま》うと一回転してキレのあるターンで減速。

「きっもちいい〜」

野田君はあっという間に上達し、午後になると滑走のみならず自由自在にジャンプやスピンを繰《く》り出せるようになっていた。いや成長速度エグいから！

「グラトリの基礎《きそ》はパーフェクトだな。もっとガッツリ急斜面にチャレンジしてみるか」

「おお、行こう行こう！」

午後からは完全自由行動。野田君と厨君は、二人で上級者コースへと登って行った。

「高嶋たちもそろそろリフト乗ってみない？」

「そうだな。いい加減、低地での練習も飽《あ》きてきたし」

九十九君の提案に頷《うなず》く高嶋君。彼も野田君ほどではないけれど、みるみるコツをつかんで既《すで》に私よりずっと滑れるようになっていた。

ちなみに中村君は、

「また、巨大すぎる力が仇《あだ》となってしまったな……」

などと言い訳しながら早々にスノボの習得を諦《あきら》めて、キッズそりコーナーへと遊びに行っていた。菜々子ちゃんも「そり、楽しそう～」とそっちの方へ。

「止まると寒さを思い出すよね……」

リフトの列にならびながらアリスちゃんに話しかけたけれど、反応がない。

おや、と思えば、九十九君と話している高嶋君を、斜《なな》め後ろからぽーっと見つめていた。

私の視線に気付くと、アリスちゃんは少し赤くなりながら「あっ、リ、リフト」と誤魔《ごま》化《か》すように話し出す。

「緊張《きんちょう》しますわね。うまく乗り降りできるでしょうか……」

アリスちゃんも今日がスノボ初体験なんだよね……と、そこでピカッと閃《ひらめ》いた。

「じゃあ、お手本見せるから、高嶋君代わって」

「へ？」

「み、瑞姫ちゃん……!?」

やや強引《ごういん》に高嶋君と入れ替《か》わり、ポカンとする九十九君を促《うなが》して、やってきたペアリフトに先に乗り込む。

振《ふ》り返ると、アリスちゃんと高嶋君は真っ赤になりながらもあたふたと次のリフトに一《いっ》緒《しょ》に乗っていた。


「よし、作戦成功」

「……あ、そういうこと」

グッと小さく握り拳《こぶし》をしたら、目を白黒させていた九十九君が納得《なっとく》したように呟《つぶや》いた。

「あの二人、こないだの選挙でちょっといい感じじゃなかった？　ゲレンデマジックなんて言葉もあるし、進展あったらいいよね」

「どうだろ……高嶋は救いようのないヘタレだし、西園寺《さいおんじ》サンもツンデレだからね」

フッと皮肉っぽく笑う九十九君。

「九十九君は、厨君がアメリカ行く前は毎年一緒にスノボ旅行してたんだっけ？」

「毎年ってわけじゃなかったけど、ちょこちょこ家族合同でね。二葉の父親が経営してるスキーリゾートがあるから、そこに」

「確か、厨君のお母さんが九十九君のお母さんの妹なんだよね」

「そうそう、莢《さや》姉……叔母《おば》が玉の輿《こし》に乗ったわけ。二葉は母親似だよ」

「へえ、綺麗《きれい》な人なんだろうね。厨君があんまりお坊《ぼっ》ちゃまっぽくないのは、お母さんが庶民《しょみん》感覚を忘れてないからかな？」

「それもあるし、おじさんが純粋培養《じゅんすいばいよう》はしたくないって教育方針らしいよ？　中一まではずっとオレと同じ公立だったし……」

雑談をしながらも、九十九君はどこかぎこちないというか、硬《かた》くなっている感じがした。

もしかして、高いところ苦手なのかな……真下を見ると、私もちょっと怖い。

でも、澄《す》んだ青空の下、広大な雪山の中空を移動していくのは、とても気持ちが良かった。

「……なんか、うちの学年、カップル増えた？」

　ゲレンデを見渡《みわた》すと、あの二人って付き合ってたの？　と初めて知るような皆神高生のペアがチラホラと目についた。

「修旅でカレカノと思い出作りたいっていうチャラい陽キャどもが、出発前にこぞってくっついたっぽいね。旅先の解放感からか、昨夜も告白ラッシュだったらしい」

「え、そうだったの!?　でも一日目に告白って……駄目《だめ》だったら旅行中ずっと気まずくない？」

「ほんとそれ！！！」

　力強く同意され、ちょっとびびった。

　九十九君はコホン、と咳払《せきばら》いをしてから、呆《あき》れたような口調で言葉を継《つ》ぐ。

「もともと壊《こわ》れるものもないような浅い関係だったんじゃない？　駄目でも大してダメージがないからできるんでしょ。もしくは玉砕《ぎょくさい》した時の想像力が働かない馬鹿《ばか》かよっぽどの楽天家」

　相変わらずリア充《じゅう》に容赦《ようしゃ》がないな〜。

「でも、ずっと片思いしてて、勇気を振り絞《しぼ》って伝えた人もいたのかも？　何かきっかけがないと、なかなか告白なんてできなそうだし……」

「……まあ、それも否定しないけど」

「そういえば、九十九君って好きな人いるんだよね。私の知ってる人？」

いい機会だから密《ひそ》かに気になっていたことを尋《たず》ねたところ、九十九君はギョッとしたように全身を弾《はじ》かせた。

「さ、さあね……」

視線を逸《そ》らしながらスノボウェアの襟《えり》の中に顔の半分を埋《うず》めるけど、目元が赤くなっている。

こんなに動揺《どうよう》するってことは、きっと、知り合いだな？

委員会や他《ほか》の部活はやってないはずだし、クラスメートかな……でも、彼がそんな親しい人、いたっけ？

九十九君は沈黙《ちんもく》してしまったので、追究されたくないのかなと思って、私も後は黙《だま》って景色に目を向ける。

アリスちゃんたちの様子を一瞬《いっしゅん》チラリと窺《うかが》うと、高嶋君はカチコチに固まっていて、アリスちゃんも恥《は》ずかしそうにうつむいていた。

何かおしゃべりできたかな？

それにしても、この大スケールの銀世界が見られただけで、北海道に来た甲斐《かい》があるなあ……空気も清々《すがすが》しい。肌《はだ》が露出《ろしゅつ》してる顔面は寒いけど。

大自然に惚《ほ》れ惚《ぼ》れしているうちに、リフトもそろそろ終わりだ。

「……っ聖サン、実はオレずっと――」

「よいっしょ、と。え？」

「……え？　は？　――ええー!?」

降り場に着いた瞬間に何か言いかけた九十九君は、降りるタイミングを失ってそのままリフトで復路を下っていく。うそ、こんなこと、ある!?

「えっ、高嶋君!?」

「――ハッ！　ヤバ、ちょ、待っ……ウソだろー!?」

更《さら》に次にやってきた高嶋君も、極度の緊張のためか到着《とうちゃく》に気付かず、九十九君に続いて二人ならんで下っていった。

……何やってるんだ、あの人たち……。

第三章　バブリー幽霊とナウぃデート

初心者コースを何度か上り下りして、麓《ふもと》まできたところで、「瑞姫ちゃんたちー」と可愛《かわい》らしい声に呼ばれた。

「菜々子ちゃん、中村君。そりはどうだった？」

「小さい子がいっぱいで可愛かったよ～」

「そろそろこの地の雪質にも魔力《マナ》が馴染《なじ》んできた感触《かんしょく》がある……今ひとたび、氷上操作を試みるのも一興と思ってな」

「あ、竜翔院もまたスノボやってみる？　上にも初心者コースあるから、リフトで登っちゃうと楽だぜ」

「――すみません、わたくしはホテルに戻《もど》りますわ。もう体力が限界みたいです」

アリスちゃんが残念そうに申し出ると、「じゃあ私も」と菜々子ちゃんも同調した。

「一緒《いっしょ》に帰ろう。寒くなってきたし、そろそろまた温泉入りたいって思ってたんだ～」

私は少し迷ったけど、せっかくだから時間いっぱいスノボを堪能《たんのう》することにした。

温泉は夜のお楽しみ！

再びリフト乗り場へと向かう途中《とちゅう》。

「……せっかくの修学旅行なんだから、もっと友達と仲良くしたらどうだ」

レストハウスの近くで、Ａ組の担任が沼津君にそんなことを言っているのを目撃《もくげき》した。

「ずっと一人で過ごして、そんなんじゃ楽しくないだろう？　最後の修学旅行なんだ、いい思い出を作れよ」

「…………」

仏頂面《ぶっちょうづら》で黙っている沼津君の肩《かた》をポンポンと叩《たた》くと、言いたいことだけ言って去っていく教師。

「――くだらない」

吐《は》き捨てるように響《ひび》いた九十九君の声に、うつむいていた沼津君がハッと顔を上げた。

「自我を殺して無理に周囲に同調して、いい思い出？　醜悪《しゅうあく》な価値観の押し売りだね」

「孤独《こどく》の価値を知らないとは、教育者にあるまじき無教養……」

「つーか、無神経だろ。なんだあれ、アドバイスのつもりか？　マジありえねー」

中村君、高嶋君も次々に憤慨《ふんがい》を表すと、沼津君はカーッと赤面した。

「安い同情はいらねーんだよ！」

怒鳴《どな》りつけられて、一瞬《いっしゅん》、シン、と場が静まる。

「……オレはただ思ったことを言っただけだけど？」

九十九君が素っ気なく言い返すと、沼津君はグッと両手を握《にぎ》りしめてから、大きく舌打ちをして、去っていった。


「おーい、みんな〜！」

少し重くなった空気を一掃《いっそう》したのは、太陽みたいに明るい大声だった。

「ブラックも来たんだな！　ヒーロー部、集結！」

「ラスト一時間だし、全員で滑《すべ》るか」

野田君、厨君と合流して、リフトに乗って、初心者コースに登る。

「〈孤高《ここう》の黒騎士《くろきし》〉〈漆黒《しっこく》の閃光《せんこう》〉等無数の二つ名を持つ竜翔院凍牙には、〈氷雪の貴公子〉という通り名もまた存在する……その真価、今こそ披露《ひろう》しよう！」

どういうわけかそり遊びを経《へ》てすっかり自信を取り戻した中村君は、スノボに乗るとシャーッと滑り出した。

「何!?　転ばないだとー!?」

「しかもめっちゃ進んでる！」

「頑張《がんば》れ竜翔院頑張れ!!　おまえは今までよくやってきた!!　おまえはできる奴《やつ》だ!!」

「そして今日も!!　これからも!!」

まるで十字架《じゅうじか》にかけられるキリストのようにすらりと両手を伸《の》ばして、まっすぐに滑降《かっこう》していく中村君に、みんなは歓声《かんせい》を上げたけど……

「おい、そろそろスピードを緩《ゆる》めろ！」

「止まれなくなるぞ!?」

「もしかして中村君、ブレーキできないんじゃ……！」

いくらなだらかなコースでも、移動距離《きょり》と体重のかけ方次第《しだい》ではかなりの速度になる。

中村君はどんどん加速していって、立ち入り禁止のロープの先へとコースアウトしてしまった。その先は崖《がけ》のようになっていて——

「ブラック！」

落ちる一歩手前のところで猛《もう》スピードで追走した野田君が横から飛び込み、間一髪《かんいっぱつ》助かる。

「二人とも、大丈夫《だいじょうぶ》⁉」

駆《か》け寄ると、中村君は青ざめながら「う、うむ……」と体を起こした。

「危《あや》うく久遠《くおん》の奈落《ならく》へ呑《の》まれるところだった……恩に着るぞ、野田大和」

「ああ、無事でよかった！」

「——一応、雪もあるし、落ちたら死ぬってほどではないけど」

中村君が飛び込む寸前だった崖を見下ろして、はあっとため息を漏《も》らす高嶋君。

「自力では登ってこれない高さだし、一人で落ちたらヤバいよな、これ……」

段差は四メートルほどだろうか。すぐ下は平地になっているが、その先は森が広がっていて、うっかりそちらへ進んだら遭難《そうなん》しかねない感じがした。

もっと安全そうな場所に移動して、中村君とブレーキのかけ方を練習することにする。

「ぶわーっとなるだろ、そこでスッとやってクイッってするんだ！」

野田君は先生役には向いてないね……。

「スピードが出てきたと思ったら、つま先を上げながら、右足を進行方向に押し出して、同時に右手・右肩は後ろに引いていく。その時、ひざは緩めて、目線は進行方向のまま。上体は重力に対して垂直に――」

お手本を見せつつの厨君の説明に「把握《はあく》した」と頷《うなず》き、ボードに乗る中村君。

「ＯＫ、じゃあつま先を上げて――っておい、落ち着け、踵《かかと》にウェイトを置くんだ。右足を出して、上体はまっすぐ……っ」

直滑降を始めた中村君はスピードを緩めるどころか一気に加速し、今度は白樺《しらかば》林にどしゃっと突《つ》っ込んでいった。

「中村！」

「大丈夫かー!?」

「クッ、やはり、どうしても魔力《マナ》が暴走してしまう……これもギルディバランを宿す弊害《へいがい》か！」


雪に倒《たお》れ込みながら右腕《みぎうで》を押さえて悔《くや》しそうにうそぶく中村君の傍《そば》には、なにか注連縄《しめなわ》のようなものが巻かれた大きめの石が複数、散乱していた。

「なんだ、この石？」

「もしかして、祠《ほこら》的なものが作ってあったのに、中村が衝突《しょうとつ》して壊《こわ》したんじゃない？」

九十九君が頬《ほお》をこわばらせながら指摘《してき》した直後。


部員全員がサーッと青ざめ、いっせいに全身を震《ふる》わせる。

何、今、背筋に物凄《ものすご》い悪寒《おかん》が奔《はし》ったんだけど……!?


「あら？　あらあら、あら～？」

刹那《せつな》、トーンが高めの声が響き、スキーの装備を身に着けた、細かいウェーブがかかったソバージュヘアに太眉《まゆ》の女性がすぐ傍に現れた。

え、誰《だれ》？　そして、いつの間に⁉

「ハンサムボーイがいっぱい！　どこ大のサークル？」

ハンサムって……久しぶりに聞いたな。

「おれたちは皆神高校ヒーロー部だ」

「高校生？　やーん、かわゆい。特にキミ……リカのタイプに、ドンピシャ♡」

謎《なぞ》の女性は、指を銃《じゅう》の形にして厨君に向けると、バーン、と撃《う》つ真似《まね》をした。

「リカ、ソース顔大好き♡」

……なんか、いちいち言動が臭《くさ》いっていうか、ノリが古いっていうか……スキーウェアも西洋鎧《よろい》みたいにやけに肩《かた》回りがいかつくて、バブルの香《かお》り？　そんな感じがする。

それにしても、相変わらず鳥肌《とりはだ》が止まらないし、なんとなく、空気が息苦しい……と思っていたところ。

ひっ、と九十九君が息をのんだ。

「か、かかかかかか……影《かげ》！」

震える指でさし示したリカさんの足元には——そこにあるべき影がない！

そして、よく見るとその姿はうっすら透《す》けていて……。

「そそそういえば、修旅前に吉住先輩《よしずみせんぱい》が、い言ってた……ここの山で約三十年前、雪崩《なだれ》事故に巻き込まれて死んだ、じょじょ女子大生がいたって……」

ガチガチと歯を鳴らしながらの高嶋君の言葉に、「それかー!?」と一同、ますます青ざめた。

「何こそこそ話してるの？　ね、ね、名前なんていうの？　リカも一緒《いっしょ》に滑《すべ》っていい？」

バブリー幽霊《ゆうれい》は親し気に話しかけてきたけど、私たちは目配せをしあうと、その場を一目散に後にする。

「えー、ちょっと、シカトしないでよ！　感じ悪いゾ～、プンプン！」

幸い、バブリー幽霊はそれ以上追いかけてくることはなく、集合時刻が近かったので、私たちはそのままホテルへ引き上げることにした。

☆★☆

二日目の夕食はスープカレーだった。ごろっと大きめに切られた野菜は甘みがあって味わい深く、スープもスパイスがきいていて、みんなで舌鼓《したつづみ》を打つ。

怪奇《かいき》現象に遭遇《そうぐう》したショックもだいぶ和《やわ》らいで、満足してホテルのレストランを出たところで――


「見つけた」

「「「「！」」」」

暗い目をしたソバージュヘアに太眉の女性が目の前ににゅっと出現して、心臓が止まるかと思った。

「誰に話しかけても、リカのことシカトするの……それで思い出した。リカ、死んじゃったんだネ……」

先ほどとは打って変わって、沈痛《ちんつう》な表情でぼそぼそと喋《しゃべ》る。ひー、怖《こわ》い怖い怖い！

「なんだろう、急に寒気が……」

「ええ、わたくしも……背中がゾワゾワしますわ」

菜々子ちゃんとアリスちゃんは、何も見えてないけど気配は感じるみたい。

「す、隙間《すきま》風《かぜ》でも入ってきてるのかな？」

「きっとそうだ、早く部屋に戻《もど》ろうぜ」

「スープカレー、絶品と言っていい一皿だったな……」

極力幽霊とは目を合わせず、気付かないふりしてそそくさと立ち去ろうとしたら、「待ってよ！」と必死な声で引き留められた。

「キミたちは見えてるんでしょ？　他《ほか》の人たちとは違《ちが》うもん！　ねえ、返事をしてよ！　リカ、このままじゃ寂《さび》しくて死んじゃう！」

いやもう死んでるので！

「——シカトしないでえー！」

瞬間《しゅんかん》、グラグラグラッと天井《てんじょう》のシャンデリアが揺《ゆ》れ始める。

壁《かべ》に掛《か》かっていた絵画や飾《かざ》られていた花瓶《かびん》が落下し、ピシッピシッと空間からラップ音。

これ、この幽霊の力⁉

「地震《じしん》……⁉」と周りの生徒たちがざわつく中、バブリー幽霊はわんわんと泣き叫《さけ》ぶ。

「ひどいよー、あんまりだー、リカを一人にしないでえええー！」

「わかったから、泣くな！　おれたちが何とかする！」

野田君がそう言った途端《とたん》、ポルターガイストはぴたりと治まった。

ああ……応じてしまった。

「野田、おまえ……」「勘弁《かんべん》してよ……」とげっそりするメンバーに、「ほっとけないだろ」と肌を粟立《あわだ》てながらも覚悟《かくご》を決めた様子の野田君。

女子二人は巻き込みたくなかったので、なんとか誤魔化《ごまか》して、とりあえず場所を移すことにした。

「――リカもね、成仏《じょうぶつ》できるなら成仏したいよ。でも、どうしたらいいのかナ……」

　野田君たちの部屋で、幽霊への聞き取り調査スタート。

「この世に未練があるから、幽霊になったんじゃないか？」

「未練？」

「やり残したこと……何かないか？　生きてる間に、どうしてもやりたかったこととか、叶《かな》えたかった夢とか」

　リカさんは人差し指を唇《くちびる》に当て、「ん～」と考える仕草をした。

「リカ、ずっとドラマや映画みたいなトレンディなデートに憧《あこが》れてたの」

　トレンディ……。

「だから、イイ男とディスコでランバダを踊《おど》るか、ナイタースキーができればマンモスうれピー♡」

　そんなん!?


　てかランバダってなんだ……？　とググったところ、バブル期に大流行した、男女が密着して腰《こし》を激しくくねらせたり擦《こす》り合わせたりするエロティックなダンス、とのこと。

こんなことしてたのか……とんでもないな、バブル時代。

「ディスコはないから、ランバダは無理だな」

「となると、ナイター？」

「でも、夜の外出は禁止されてるし、流石《さすが》に抜《ぬ》け出して雪山でってのは……」

☆★☆

「ヘイ、リカ。今夜は俺がファンタスティックなスノーデートをプレゼントするぜ。アーユーレディ？」

　リフトの前で厨君が気障《きざ》に手を差し出すと、リカさんは「ウフフ」と頬《ほお》をとろけさせ、その手を取った。

「やっぱり何も見えませんねえ……厨君が一人で虚空《こくう》に話しかけているようにしか」

　ナイターの灯《あか》りに照らされたスキー場で、彼らの次のリフトに乗りながら、リカさんの座っている場所に目を凝《こ》らす名雪先生。

結局、名雪先生にだけは事情を説明して、先生同伴《どうはん》で他の生徒には内緒《ないしょ》でという条件で、夜のスキー場へとやってきたのだ。

「悪寒《おかん》とかもないですか？　私はこの距離《きょり》でも鳥肌《とりはだ》が止《や》まないんですけど……」

隣《となり》で身をすくませる私に、先生は残念そうに苦笑《くしょう》した。

「僕はどうやら霊感《れいかん》ゼロみたいで、全く異常を感じ取れません」

「そうなんですね……なのに私たちの話を信じてくれて、ありがとうございます」

「他でもない聖さんにまであんなに必死に頼《たの》み込まれたら、信じないわけにはいきませんよ。それにしても、今度は幽霊《ゆうれい》なんて、君たちは本当に退屈《たいくつ》しませんね……！」

「先生、心なしかワクワクしてませんか？」

「してます」

……きっぱり肯定《こうてい》されてしまった。


「そういえば物理準備室の先生の本棚《ほんだな》、超常《ちょうじょう》現象関係の本がいっぱいありましたね。私、あれを初めて見た時、すごく怖かったんですよ？」

「それは申し訳ありません……もともとは氷雨の能力について少しでも解明できればと調

べ始めたんです。そのうち僕自身の興味も湧《わ》いてきて、ああいった書物は眉唾《まゆつば》物ばかりなのですが、今でもつい収集してしまうんですよ」

　なるほど、氷雨さんのためだったのか……。

「聖さんたちには本当に感謝しています。今まで、僕が研究発表や出張などで家を空ける前はいつも、氷雨は物凄《ものすご》く拗《す》ねて、体調を崩《くず》していたんですが……」

「!?　拗ねる……ってのもツッコミどころ満点ですが、体調を崩すって……」

「精神的不安が身体《からだ》にも影響《えいきょう》を及《およ》ぼすみたいです。自分の都合で離《はな》れる時はなんでもないのに、僕がどこかに行くのは見放されるように感じるのか、不調をきたす……勝手ですよね」

　……前に、氷雨さんにとっての名雪先生が「唯一《ゆいいつ》の拠《よ》り所ゆえにその形は歪《いびつ》」って話していたけど、その実態が少し、垣間見《かいまみ》えた気がした。

「だから今回の修学旅行では、氷雨も同じホテルに部屋をとろうかと考えていたんですが」

「待ってください。え、氷雨さんも北海道まで来る予定だったんですか!?」

「ええ、もちろん別行動ですが……でもなんと、あいつから留守番すると言い出したんです。僕が出発する際も、荒《あ》れることなく送り出してくれました……昨晩電話したら、ちゃんとご飯を食べて、お風呂《ふろ》に入って、熱も出していないと……」

……お母さんですか？　とツッコみたい気持ちが沸《わ》き起こったけど、それだけ氷雨さんの孤独《こどく》は深く、名雪先生の存在が大きいのだろう。

夏の合宿の時、先生は氷雨さんのことを「生活能力ゼロの駄目《だめ》人間」「僕がいないと生きていけない」なんて冗談《じょうだん》っぽく話していたけど、実はこんな事情があったんだ……。

「だんだん、良い方向に変わってきているんですね」

「ええ、君たちのおかげでトラウマが薄《うす》まって、精神的に安定してきたんだと思います。同居を始めて以来こんなに長く離れるのは初めてなので、正直とても心配ですし、帰った時に家がどれだけめちゃくちゃになっているか、想像するとゾッとしますが……」

「ごめんなさい先生、やっぱり言わせてください。……お母さんですか？」

☆★☆

黄色や緑の光でライトアップされたスキー場は、昼とはがらりと表情を変え、ロマンティックな雰囲気《ふんいき》に包まれていた。

「シンデレラタイムの開幕だ。行くぜ、スノー・ホワイト」

バチッとウインクをしてから、滑走《かっそう》を始める厨君。

シンデレラなのか白雪姫《ひめ》なのかはっきりしろ、と思わなくもないけど、霊気による不快感を押し隠《かく》し、【†刹那《せつな》　騎俐斗《きりと》†】モードで頑張《がんば》っている。

彼氏役のご指名に最初は嫌《いや》がっていたけど、ファンサだと思って！　と頼み込んだら腹をくくったようだ。

幸い彼のエスコートはリカさんのお気にも召《め》したようで、スノボとスキーでちぐはぐではあるけど、楽しそうに二人で滑《すべ》っていた。

それにしても、改めて見ると厨君、スノボめちゃくちゃ上手《うま》い。

安定感抜群《ばつぐん》だし、技《わざ》のレパートリーも多彩《たさい》。

倒《たお》れそうなくらい体を倒して低い位置で連続ターンを繋《つな》げたり、ソールを見せつけるようにハイジャンプしてから回転したり、まるでブレイクダンスでもしているように派手な技を、次々と軽《かろ》やかに決めていく。

「くぅ～、やっぱまだ敵《かな》わないな。出してる音も、マシンの稼働《かどう》音や装甲《そうこう》がぶつかり合う戦闘《せんとう》ＳＥみたいでアガるぜ！」

主にターンの時に鳴るジョアッとボードが雪を削《けず》る音が、野田君にはそんな連想をよぶらしい。

「カッコつけるのに命かけてるあいつには、お誂《あつら》え向きのスポーツだよね」

九十九君が皮肉っぽくそうコメントしてた通り、華《はな》のあるルックスも相まって、ちょっと悔《くや》しいけど文句なしにカッコ良かった。

「～～～完璧《かんぺき》パーペキ！　バッチグーだよ、二葉君！」

リカさんも頬を紅潮させ、うっとりした眼差《まなざ》しで賞賛の声を上げる。

「リカのハート、バキュンって撃《う》ち抜かれちゃった♡」

「サンキュー。リカも雪の妖精《ようせい》みたいだぜ……おっと」

ふわふわと白いものが舞《ま》い始めた空を見上げ、ピューッと口笛を吹《ふ》く厨君。

「天使の羽根か。この空も俺たちのランデブーを祝福してるようだ」

うわあ、きっつ……とこっちはそろってドン引きしたけど、リカさんは「ス・テ・キ♡」と目がすっかりハートになっていた。

「輝《かがや》くステージの主役は俺たちだ。ゲレンデを溶《と》かすくらいホットな時を過ごそうぜ」

「うん！」

そうして、一時間ほど滑っていたところ、徐々《じょじょ》に雪が強くなってきた。

「……名残惜《なごりお》しいが、そろそろ魔法《まほう》の時間もおしまいだな」

厨君の言葉に、それまではしゃいでいたリカさんの顔にサッと影《かげ》が差した。

「……やだ。終わりたくない」

「リカ……我儘《わがまま》は言わない約束だろ」

「だって、やっと見つけた運命の人だもん……っ」

声を震《ふる》わせるリカさんの周囲に、黒い靄《もや》が湧《わ》き出し、漂《ただよ》い始める。

ちょっと、これ、まずくない……⁉

「――離れたくないよ！」

瞬間《しゅんかん》、黒い靄はぶわっと蠢《うごめ》くように厨君に襲《おそ》い掛《か》かった！

「グリーン！」

「おい、何を……」

「邪魔《じゃま》しないで！」

慌《あわ》てて駆《か》けつけようとした私たちに、リカさんが怒鳴《どな》りつけると、私たちの体も黒い靄に包まれ、ピクリとも動かせなくなった。

全身にのしかかる鉛《なまり》のような重力と、息苦しさ、激しい悪寒《おかん》。

「二葉君、一緒《いっしょ》に逝《い》こう……」

厨君も、私たちと同じように金縛《かなしば》りにあっているようだ。

「……や、めろ……っ！」

赤く目を光らせたリカさんが、彼の両肩《りょうかた》に手を添《そ》え、壊《こわ》れた微笑《ほほえ》みを浮《う》かべながら、ゆっくり顔を寄せていく……。

「いったい何が起こっているんですか⁉」

そう尋《たず》ねたのは、一人、状況《じょうきょう》を把握《はあく》できていない様子の名雪先生だった。

「リカさんが、厨をあの世へ道連れに、しようとして……っ」

「死の接吻《せっぷん》を迫《せま》っている……あれを受け入れたら、おそらく厨二葉は……っ」

喉《のど》から声を絞《しぼ》り出すようにして説明すると、名雪先生は息をのみ、きっと表情を引き締《し》めると厨君たちの方へと走り出した――って先生は金縛りきいてないの⁉

霊感《れいかん》ゼロだから⁉

「不純異性交遊はいけません！」

そう叫《さけ》びながら名雪先生がリカさんに投げつけたのは——木彫《きぼ》りの熊《くま》だった。

熊ー⁉

刹那、リカさんや私たちを覆《おお》っていた黒い靄がしゅうっと晴れ、リカさんの瞳《ひとみ》も元の色に戻《もど》る。

「ハッ、リカってば、何を……」

熊強すぎない！！！？？？　あ、侮《あなど》れん……。

私たちの体もすっかり自由に動くようになっていた。

「ごめん。リカ、欲張りすぎちゃったネ……」

すっかり魔が落ちた様子のリカさんは、「でも」と満足げに微笑んだ。

「ナウいデート。すごく、すごーく楽しかったヨ。ありがとっ」

その体は徐々に薄《うす》くなり、ゆっくりと天に上昇《じょうしょう》していく。

どうやら、成仏《じょうぶつ》する気になってくれたらしい。

「リカ……俺も楽しかったぜ。オマエみたいなスリリングな女、そうはいない」

蒼白《そうはく》の顔に、フッと笑《え》みを浮かべる厨君……ついさっき死にかけたばっかりなのに、この神経の図太さよ。

もしくは、プライドエベレスト級のカッコつけだからか……。


「俺からの別れの歌だ。聴《き》いてくれ。――『ゲレゲレ☆ロマンス』」

「ちょ、待て、厨！」

「余計な事すんな！」

「1．2．3．カモンッ、雪山で出会ったショッキング・ガール、アイツはゲレゲレ☆ゲレンデ美人～♪」

周囲の制止を振《ふ》り切って、みるみる透《す》けていくリカさんへと即興《そっきょう》のひどいアカペラを歌いだす厨君に。

バブリー幽霊《ゆうれい》は、「……ぶっとびー」と呟《つぶや》きながら昇天していった。

第四章
雪山リペンタンス

ホテルの部屋はクラス毎《ごと》に割り振られていて、私はアリスちゃんと河村璃星ちゃんと同じ三人部屋。

『ごめん交ざっちゃって。うちら四人グループだからさ〜、樹愛流《じゅえる》たちに譲《ゆず》ってあげたんだ。あ、あたしのことは璃星って呼んでね？　あたしは聖ちゃんって呼んじゃうけど……聖って苗字《みょうじ》、レアでめっちゃ可愛《かわい》いから。あ、もちろん瑞姫も可愛いけど。アリスもめっちゃ可愛いよね！』

部屋が決まった時、璃星ちゃんからそうやって明るく話しかけられて、いい子と一緒になれて良かったとホッとした。

自由時間は基本的に神尾さんたちの部屋に行っているようで、まだあんまり話せてはいないんだけどね。

温泉に浸《つ》かって冷えた体をしっかり温めて、気を取り直してから部屋に戻ると、璃星ちゃんはやっぱり外出中で、アリスちゃんが一人で出迎《でむか》えてくれた。

「おかえりなさいませ。また、ヒーロー部で依頼《いらい》を受けていたんでしょう？」

「うん、そんな感じ……ごめんね、一人で留守番させて。野田君がすぐなんでも引き受けちゃうから……困ってる人を放《ほう》っておけないのは、彼のいいところなんだけど」

ベッドに腰《こし》を下ろしながら苦笑《くしょう》していたら、アリスちゃんは大きな目をパチパチと瞬《またた》いてから私の隣《となり》に座って、躊躇《ためら》いがちに話し出した。

「あの……少し前からもしかしてって思っていたんですけど」

「うん、何？」

「瑞姫ちゃんって、野田君のこと好きなんですの？　恋愛《れんあい》的な意味で」

………は？

「いやいや、なんで!?」

「以前、野田君が意識不明で入院していた時、とても落ち込んでいましたし……」

それは私の力の暴走のせいで怪我《けが》をさせちゃった、という背景もあったから……だと思うけど。

「今も、困った顔をしながらも、すごく優《やさ》しく笑っていたので」

「!?　……いや、そりゃ野田君のことは好きだけど、恋愛対象としては……だって、野田君だよ？」

戸惑《とまど》いながら逆に問い返したら、アリスちゃんは不思議そうに「そうですか？」とサイドテールを揺《ゆ》らした。

「わたくしは野田君、カッコいいと思いますけど……」

「えっ!?」

「瑞姫ちゃんは、野田君をカッコいいと思ったこと、ありませんか？」

「それは………ある、けど……」

ハチャメチャでお馬鹿《ばか》なことばっかりやってるけど、芯《しん》が強くて大らかで、決めるところは決めてくれる。うん、確かに、男前なんだよね……野田君。

「でもヒーローバカだし！　赤白帽《ぼう》だし！」

「ドキドキしたことは、ないんですか？」

――「守ってやれて、よかった」

――「せっかく綺麗《きれい》なのに、汚《よご》れたら大変だからな！」

――「見つけられて、よかった」


いくつもの記憶《きおく》が蘇《よみがえ》ってきて、かーっと顔が熱くなった。

「の、野田君って、無自覚にさらっと恥《は》ずかしいこと言っちゃうから、それで！　別に恋《こい》とかとは違《ちが》うよ」

「ふふふ、瑞姫ちゃん、真っ赤になって可愛い。なるほど、まだまだ蕾《つぼみ》……って感じですわね」

「蕾でもないから！　――アリスちゃんこそ、高嶋君とはどうなってるの？」

反撃《はんげき》すると、今度はアリスちゃんがかあっと頰《ほお》を桜色に染めた。


「べべべ別に、どうもこうもありませんわ」

「リフトではどんなこと話したの？」

「……緊張《きんちょう》してしまって、何を話していいか何も頭に浮《う》かばなくて……高嶋君も最初はずっと黙《だま》ったままだったので、どうしたらいいか半分パニックになっていたんですけど……」

「うん、うん」

「そうしたら高嶋君が『生徒会、うまくいってるのか?』って話を振ってくれて……気にしてくださってすごく嬉《うれ》しかったのに、それが恥ずかしくて、わたくしったらよりによって『別に貴方《あなた》に心配してもらう筋合いはありませんわ』なんて言ってしまって! 高嶋君も『筋合いはあるだろ。こっちは応援《おうえん》演説までしたんだし』ってちょっと怒《おこ》ってしまって……」

「あらら……それで?」

「また気まずい感じになってしまったんですけど、このままじゃ駄目《だめ》だって思って……『応援演説の時は、ほんの少し、ちょっとだけ、カッコ良かったです』って……」

「おお〜、言ったんだ!?」

「言いたかったんですけど、一番大事なところがすごく小さな声になってしまったので、聞こえなかったと思います……」

しゅん、とうつむくアリスちゃん。

「本当はちょっとどころか、もう泣きそうになるくらい、ものすごくカッコ良かったんです! これ以上ないくらい勇気づけられて、演説を頑張《がんば》れたのも、会長になれたのも高嶋君がいなかったら無理で……今日のスノボウェアもとっても似合ってましたし、楽しそうなところも転んでるところも、どんな表情もキラキラして眩《まぶ》しくて！」

アリスちゃんの好き好きパワーが爆発《ばくはつ》している……！

「伝えたいことはいくらでもあったのに、どうしてわたくしってこうなんでしょう……」

枕《まくら》をぎゅっと抱《だ》き締《し》めて涙目《なみだめ》になるアリスちゃんが可愛すぎて、思わず頭をよしよししてしまった。

「高嶋君の反応は？」

「無言、でした。恥ずかしくて顔を見られなかったので、どう思っていたのか、全然わからなくて……」

そうしてる間に、リフトが着いて、高嶋君は降りそびれて下っていったと……。

「それ、高嶋君、聞こえてそうだけどな～。聞こえてなくても、たぶんその時のアリスちゃんの様子見たら、言いたいことは伝わったと思うよ。それで、ドキドキしちゃって到《とう》着《ちゃく》に気付かずに、あのまま……」

九十九君と二人して呆然《ぼうぜん》と引き返していく姿を思い出したら、改めて、こみ上げてくるものがあった。おマヌケ過ぎる……。

「そ、そうなんでしょうか？　――九十九君とは、どんな話をしてたんですの？」

「普通《ふつう》に雑談……あ、でも到着前は、好きな人の話だった。あんまり話したくないみたいだったけど、九十九君も色々悩《なや》んでたりするのかもね」

アリスちゃんは「なるほど……」とやけに納得《なっとく》した様子で頷《うなず》いた。

「かなり分が悪そうですが、まだ手《て》遅《おく》れというわけではなさそうなので、彼にも頑張って欲しいですわ……」

「えっアリスちゃん、九十九君の好きな人知ってるの？　やっぱり同じクラスの人？」

「……内緒《ないしょ》です」

悪戯《いたずら》っぽく笑いながら、人差し指を唇《くちびる》に当てるアリスちゃん。

えー、気になる……と、すっかり恋バナで盛り上がっていたところ。

トントン、とノック音が響《ひび》いて、ハーフアップのサイドにお団子を作った、セミロングヘアの女子が部屋に入ってきた。

「あ、聖ちゃん、帰ってたんだ～」

「璃星ちゃん。ただいま、そしてお帰りなさい」

「ごめん、もし話の途中《とちゅう》だったなら、あたしもう一回出ていくよ？」

「そんな気を遣《つか》ってくれなくても、全然大丈夫《だいじょうぶ》だよ」

「瑞姫ちゃんの言う通りですわ。——こんな時間ですし、そろそろ寝《ね》る準備をした方がいいですね」

「そだね～。洗面所使っちゃっていい？　メイク落としてくる」


私とアリスちゃんが明日《あした》の服の用意などをしていたら、やがて「はー、サッパリした」とすっぴんになった璃星ちゃんが洗面所から出てきた。

「璃星ちゃんって色んなお化粧品《けしょうひん》を使いこなしていて、感心しますわ」

「あはは、あたしはアリスちゃんたちみたいに素材が良くないから、メイクで必死に誤魔《ごま》化《か》してるの」

「それは謙遜《けんそん》しすぎ……髪型《かみがた》もいつも可愛《かわい》いし、お洒落《しゃれ》だよね」

「ほんと？　ありがとー。瑞姫ちゃんこそ髪すごい綺麗で羨《うらや》ましい！　シャンプー何使ってるの？　いつもいい匂《にお》いするから、すれ違うとついクンクンしちゃう……ってこれ、ちょっと変態っぽい？　引かないでー」

褒《ほ》めると、すぐにいっぱい褒め返してくれる璃星ちゃん……嬉しいけど、そんなに気を遣ってくれなくてもいいのにな。

璃星ちゃんはその後もニコニコしながらどんどん積極的に話題を転がしてくれたけど、なんだか話していないと落ち着かないようにも見えた。沈黙《ちんもく》が嫌《いや》……なのかな。場が白けるのを極力避《さ》けようとしているような……単におしゃべりが好きなだけかもしれないけど。

「——あ、ごめん、もしかしてあたし、しゃべりすぎ？　普段なかなか二人と話す機会ないから、はしゃいじゃったかも」

「いいえ、わたくしも楽しいですわ」

「うん、璃星ちゃんと同じ部屋になれてラッキーだった」

もし何か不安を感じているならと思って、そう言うと、璃星ちゃんはホッとしたように「あたしも！」と笑《え》みを浮かべた。

「……ところで今さ、ヒーロー部がプチ炎上《えんじょう》しちゃってるの知ってる？」

「プチ炎上？」

不穏《ふおん》なワードに、ドキッとした。

「このサイトなんだけど……」

璃星ちゃんがスマホの画面に表示させたのは、皆神高校の非公式の匿名掲示《とくめいけいじ》板《ばん》。

非公式と言っても検索《けんさく》すれば誰《だれ》でも見つけられる、皆神高生の交流と情報交換《こうかん》を目的としたオープンなサイトで、私も転校したばかりの時に一回だけ見たことがあった。

近年はラインやインスタ等の流行によって寂《さび》れているようだけど、匿名の気軽さゆえか一定数の愛用者は存在し、イベント事の時だけ閲覧《えつらん》するという生徒も少なくないらしい。

そこの「修学旅行」という最新のスレッドを見て、息をのむ。

『ヒーロー部、迷惑行為《めいわくこうい》』

そんなコメントとともに、オランウータンの空中遊技場の塔《とう》を登る野田君の写真が投稿《とうこう》されていたのだ。

『これ、オランウータンのとこだよな』
『流石《さすが》にこれはない』
『はしゃぎすぎだね……』
『園内を走り回って、他《ほか》の来園者にぶつかって迷惑かけてるのも見た』
『マ？』
『皆神の評判下げるようなことはやめて欲しい』
『自称《じしょう》ヒーローｗｗの非常識集団』
『朝は人助けをして遅刻《ちこく》したって言ってたけど、それも怪《あや》しい』
『どうせ徹夜《てつや》でアニメ見て寝坊《ねぼう》したんだろ』
『アホだｗｗｗ』
『ヒーロー部見損《みそこ》なった』

ヒーロー部を非難するいくつものコメントとともに、デマも混ざりこんでいて、読みながらすうっと心身が冷えていく感覚がした。

「聖ちゃん、優《やさ》しいから拒《こば》み切れなくて、巻き込まれちゃってるんだろうけど……もうこれ以上あの人たちに関《かか》わらない方がいいよ？　このままじゃ、聖ちゃんまで同類と思われて叩《たた》かれちゃうかも」

璃星ちゃんの言葉にも、少なからずショックを受ける。

璃星ちゃんも、この書き込みを信じちゃってるんだ……。

「――最初は強引《ごういん》に引き込まれたけど、今ヒーロー部にいるのは、私の意志だよ」

私がそう言うと、璃星ちゃんの目が瞠《みは》られた。

「そう……なの？」

「うん。ヒーロー部のみんなは、ここで言われるような自分勝手で人に迷惑をかけるような人たちじゃないよ。この時、塔を登ったのは、女の子の風船が引っかかってたのを取ろうとしたからなの。確かに非常識だったけど、別に遊んでたわけじゃなくて、ちゃんと理由があって……」

「そうですわ！　わたくしも一緒《いっしょ》に居ましたけど、動物園で人にぶつかることもありませんでしたし、初日に遅刻したのは本当に人助けをしていたからですわ。徹夜でアニメ見て遅刻するとか彼らならいかにもやりそうですけど、嘘《うそ》の言い訳をする人たちじゃありません！」

頬《ほお》を紅潮させて、アリスちゃんも弁護をしてくれる。

「そうだったんだ……あたし、てっきり瑞姫ちゃんは絡《から》まれてるだけかと思ってて……なんかごめん」

「ううん、心配してくれてありがとう……」

璃星ちゃんにはそう返したけれど、衝撃《しょうげき》と動揺《どうよう》はなかなか消えなかった。

☆★☆

翌朝、顔を合わせた途《と》端《たん》にヒーロー部のみんなから、元気がない、何があった、と心配された。

陰口《かげぐち》なんて知らないままの方がいいんじゃないかと迷ったけど、私が逆の立場なら話して欲しいと思ったから、全《すべ》て打ち明けることにする。

「なんだこれ……むっかつくなー、一面だけ切り取って騒《さわ》ぎやがって」

「偏向《へんこう》報道ってやつだね。マスゴミとそれに踊《おど》らされる愚《おろ》かな大衆ども……」

「現代社会の悪《あ》しき縮図というわけか。実に度し難《がた》い」

「ナンセンス……匿名で誹謗《ひぼう》中傷する奴《やつ》らってマジで底辺だぜ」

「徹夜でアニメ見て寝坊したのは、先週のことだぞ！」

「やっぱりやってたか！　……ひどいよね。ただ、危険行為をしたのは事実だし、今後誤解されるような言動はしないように、なるべく気を付けた方がいいと思った」

　私がそう言うと、サイトを見て腹を立てていたメンバーたちも、少し神妙《しんみょう》な顔になって同意した。


「いったい誰がこんな写真を投稿したんだろうね……？」

　悲しそうな菜々子ちゃんの疑問の声で、脳裏《のうり》に蘇《よみがえ》ったのは、カシャッとスマホで撮影《さつえい》していた沼津君の姿。

　とはいえ、彼がやったという証拠《しょうこ》はないから、口に出すのははばかられた。

「ヒーロー部に反感を持ってる生徒、もしくは自分の投稿で注目を集めたい生徒といったところだろう。おそらく犯人捜《さが》しは時間の無駄《むだ》だ」

「ああ、嫉妬《しっと》は男の勲章《くんしょう》っていうしな。知名度が上がれば、アンチも正比例して増えていく。クソウザいが、こういうのを気にしだしたらきりがない」

「でも、悔《くや》しいですわ。わたくし、事実を述べた文書を投稿しようと思うのですが……」

「やめとけ。西園寺が書きこんだって特定されたら、今度はおまえがターゲットにされるかもしれないぞ」

「……生徒会長として、実名で声明を発表するのは……？」

「そこまでしなくていいよ、アリスちゃん！　そういうのをするなら、まずヒーロー部として出すから」

「掲示板《けいじばん》の荒《あ》らしはスルーが鉄則だよ。度を越《こ》えたら通報してやればいいけど……この写真、遠目で野田の顔は判別不能だから肖像権《しょうぞうけん》の侵害《しんがい》として訴《うった》えるには弱いよね」

赤白帽《ぼう》で皆神高生には野田君って一目瞭然《いちもくりょうぜん》なんだけどね……赤白帽、ほんと特徴《とくちょう》として強い。

「ほっとけほっとけ。ヒーローとは時に理解されなくても、己《おのれ》の正義を貫《つらぬ》くものだ」

野田君はけろっとした様子で言い放つと、「ただ」と一同を見回した。

「何かあれば、すぐ報告するってことで！　よし、飯食おうぜ。腹減った〜」

☆★☆

三日目も丸一日、スキー場での自由行動。

雪合戦場があるというので、午前中はヒーロー部＋アリスちゃん菜々子ちゃんで、二チームに分かれて対戦することにした。

広い平地に、雪の壁《かべ》がいくつも用意され、飛び交《か》う雪玉を避《よ》けながら敵陣地《てきじんち》のフラッグをとるか、相手チームを全滅《ぜんめつ》させたら勝利。

「くらえ、ダイヤモンドダストー！」

「なんの！　雪崩《アヴァランチ》ー！」

「氷蝕《グレイシャル・イローション》！」

「雲雀《ひばり》殺し！」

「全地球凍結《スノーボールアース》!!」

「ど、どうしましょう、なにも技《わざ》名が思いつきませんわ……」

「別にそんな縛《しば》りないから、気にしないで！」

「——とったー！」

「ええっ菜々子ちゃん、すごい！」


みんなで雪まみれになって遊んでいるうちにお昼になって、レストハウスにご飯を食べに行った。

「え、なにそれ、ずるい」

「勝手だよねー」

食券売り場の傍《そば》で不満の声を漏《も》らしていた生徒たちは、私たちの姿を見るなりハッと気まずそうに口をつぐんだ。

「行こう」「うん」と離《はな》れていきながらも、何度もこちらをチラチラと振《ふ》り返る。

……何？

　食事中もなんだか周囲から視線を感じて、居心地《いごこち》の悪さを感じていたところ、スマホを見た九十九君が、「チッ……いつの間に……」と舌打ちする。

『ルールを破ってナイターに繰《く》り出すヒーロー部』というコメントとともに、裏口からスノボウェアで出ていく部員たちの後ろ姿の写真が、例のサイトに新たに投稿《とうこう》されていた。見定めるような視線を感じていたのは、この投稿を見た人たちからウェアが一致《いっち》するかを確認《かくにん》されていたんだ……。

　コメント欄《らん》には、ヒーロー部を非難する声がますます増えていた。

「事情も知らないくせに、好き勝手言いやがって……！」

「――言われても仕方のないことをしてるからだろ」

　やるせない気持ちで憤《いきどお》っていたら、不意に、そんな声がボソッと聞こえてきた。

　振り向くと、前髪《まえがみ》が長めの小柄《こがら》な男子が、私たちを睨《にら》みつけている。

「沼津……おまえ、動物園で大和がロープ渡《わた》ってる時、写真撮《と》ってたよな」

高嶋君が言うと、沼津君はギクッとしたように顔をこわばらせた。

高嶋君も気付いていたんだ……。

「撮ってたけど……だから何？」

「おまえが掲示板に投稿したのか？　園内を走り回ったってデマも？」

「さあね」

沼津君はそこではあっと息をついてから、かすかに声を震《ふる》わせながら言葉を継《つ》ぐ。

「で、でも、あんたたちへの不満は、みんなの中でどんどん膨《ふく》らんでる。派手な行動は慎《つつし》んだ方が身のためだ」

「なんでこんなことするんだ？」

「――決めつけるなよ！　俺がやったなんて証拠ないだろ⁉」

沼津君は突然《とつぜん》逆ギレすると、肩《かた》をいからせてその場から走り去っていった。

「……ありゃクロだな。こっちのフォトは、昨夜俺たちがウェアを持って部屋から出ていくのを不審《ふしん》に思って、後をつけてたんだろう」

「おれたちが部屋に押しかけたのが、そんなに嫌《いや》だったのか……？」

「昼のうちに動物園の写真が投稿されてるから、関係ないでしょ。A組内で、あいつと何か絡《から》んだりした？」

「いや、これまで接触《せっしょく》はほぼ皆無《かいむ》だ……よもやあの男、召喚魔法《しょうかんまほう》にしくじり、悪魔に精神を憑依《ひょうい》されている……!?」

「違《ちが》うと思うよ、中村君。……これからどうしようか？」

少しの沈黙《ちんもく》の後、野田君が言う。

「——あいつと、しっかり話す必要がある」

今夜、ホテルに戻《もど》った後に腰《こし》を据《す》えて沼津君と話してみよう、ということに決まった。

もやもやは遊んで忘れよう！　と午後もめいっぱいスノボやそりで遊び倒《たお》した。

制限時間ギリギリにホテルに戻って、受付で帰着の手続きをしてからロビーで休憩《きゅうけい》する。

「あっ、クリットマンだ！」

テレビで流れ出したヒーローアニメを見て、野田君が顔を輝《かがや》かせた。

「再放送か……クリットマンはダブルヒロインが二人ともやたら可愛《かわい》くてな～」

「このオープニングも最高だよな……って最終話!?　観《み》るしかねえじゃねーか」

高嶋君や厨君も好きだというのでみんなでガッツリ一話分鑑賞《かんしょう》した後、あーだこーだと感想戦を繰り広げ、いい加減部屋に帰ろうかとなった時点で、先生たちがなんだかバタバタしていることに気付いた。

何事かと訝《いぶか》しんでいたら、A組の担任が緊迫《きんぱく》した表情で近付いてきた。

「おい、おまえたち、沼津がどこ行ったか知らないか？　ホテルに戻ったって報告がなくて、電話も通じないんだ……」

＊＊＊

みるみる暗くなっていく空を見て、宙翔の心は焦《あせ》りに駆《か》られた。

スマホの充電《じゅうでん》が切れているので、時計を確認できないけれど、学校で決められた門限はもう過ぎただろう。

昨日は早めにホテルに戻ったので気付かなかったが、雪の中では電池の減りが驚《おどろ》くほど早い……。


今日さっさと戻らなかったのは、ヒーロー部の連中に捕《つか》まるのが嫌だったからだ。

――「言われても仕方のないことをしてるからだろ」

あの時、とっさに声に出してしまった自分を殴《なぐ》りたかった。

（いや、俺は悪くない。勝手なことばっかしてるあいつらが悪いんだ！）


むしゃくしゃして、やりきれない気持ちを抱《かか》えながら滑《すべ》っていたら、意識が散漫《さんまん》になっていたせいかコースアウトして、崖《がけ》のようなところから落下した。

元のコースに戻ろうにも一人では登れない高さだし、着地の時に足をひねったらしい。

片足を引きずりながら目の前に広がる森に入るのは自殺行為《こうい》だと判断し、崖の下から助けを叫《さけ》んだけれど、反応はないまま、今、どれくらいここに座っているのか……。

「おーい！　誰《だれ》かー……ごほごほっ」

叫び続けた声はすっかりしゃがれ、喉《のど》に引きつるような痛みが走る。

更《さら》に、雪が降り始め、宙翔はゾッと身をすくませた。

ブルブルと全身が震えだしたのは、寒さだけのせいでなく……。

(これもみんな、ヒーロー部のせいだ。俺は悪くない、悪くない、悪くない、悪くない悪くない悪くない悪くない悪くない悪くない悪くない…………嘘《うそ》だ。いくらあの子を守らなきゃって思いからでも、陰口《かげぐち》叩《たた》いて、デマを流した。そんなやり方しかできない、卑《ひ》怯者《きょうもの》だ……罰《ばち》が当たったんだ)

じわり、と熱いものがまぶたに滲《にじ》む。

(どうして俺はこうなんだろう……不細工で、運動ができなくて。頭だって大してよくない。暗くて後ろ向きでダサくてうじうじしている。気が利《き》かなくておもしろいことが言えなくて、余計なことばっかりして、長所なんて書くことがない。当然恋人《こいびと》なんていたことないし、これからだってできるわけがない……)

溢《あふ》れ出した負の感情は、無関係な過去の様々な苦い思い出まで掘《ほ》り起こし、いっそう宙翔を惨《みじ》めにした。

――「せっかくの修学旅行なんだから、もっと友達と仲良くしたらどうだ」

（それができるならとっくにそうしてるんだよ。一人じゃなければ、友達と滑っていたら、事故っても、こんなことにはならなかった。俺にもっと社交性があれば、コミュ障じゃなければ……）

――「くだらない」

（本当は、あの言葉に救われた気がしたんだ。あいつらは、痛いけど、悪い奴《やつ》らじゃない……薄々《うすうす》気付いてたけど、俺は新しい写真を投稿《とうこう》した。一緒《いっしょ》にゲームして……楽しくて。楽しんでしまって、〈神月〉たちを裏切った気がして……申し訳なくて。だから、ヒーロー部は敵なんだって、思い込みたくて。……それだけじゃない……悔《くや》しかったから。あいつらが妬《ねた》ましかったから。俺は本当に最低だ！　些細《ささい》なことでキレやすい。人の目を見てしゃべれない。こんな俺を好きな奴なんているわけがない……俺がこのままここで死んだって、むしろみんなせいせいするんだろう。ざまあみろって、陰《いん》キャが消えてクラスの空気が綺麗《きれい》になったって……)

「うぐっ……ひっぐ……」

降りしきる雪の中、体育座りで縮こまりながら、しゃくりあげる。

(それどころか、誰も何も感じないのかもしれない。俺なんて、いてもいなくても同じだ。俺のことなんて、誰も……——)

「沼津！」

響《ひび》き渡《わた》った大声にハッと崖を見上げた宙翔は、眩《まぶ》さに顔をしかめた。

手をかざしてよく見ると、頭にライトをつけた野田や、ヒーロー部の連中がこちらを見下ろしていた。

「よかった……昨日、おれたちもここに落ちかけたから、もしかしてって思ったんだ。梯《はし》子《ご》を下ろすから、もう大丈夫《だいじょうぶ》だぞ！」

「あ、足をくじいて……」

「そうか。じゃあ、ちょっとだけ待ってろ」

やがて、野田が縄梯子《なわばしご》をするすると降りてきた。

そして自分と宙翔の体をロープで結ぶと、宙翔を負ぶって、梯子を登る。

二人が崖の上に着くと、他《ほか》のメンバーはホッとしたような笑《え》みを浮《う》かべ、「怪我《けが》は足だけか？」「今宵《こよい》は凶星《きょうせい》が昇《のぼ》っているからだろう」などと言いながら、ロープをほどいて、宙翔の体に積もった雪を払《はら》った。

確か聖とかいう女子部員が、スマホで教師へ宙翔を見つけたことを報告している……。

「なんで……なんで、おまえらが助けに来るんだよ。写真を投稿したのは俺だって、気付いてるんだろ」

信じられない気持ちで漏《も》れた問いに、野田の答えは明快だった。

「それは、おれたちがヒーロー部だからだ！」

「……あと、まだおまえの話をちゃんと聞いてないしな」

「寒いでしょ？　とりあえずこれ……」

呆然《ぼうぜん》とする宙翔の体に、部員たちがカイロを貼《は》っていく。


（……あったかい……）


温《ぬく》もりを感じた瞬間《しゅんかん》、一度止まっていた涙《なみだ》がまたぶわっと噴《ふ》き出した。

「俺……おまえらが羨《うらや》ましかったんだよ。あんな痛くて恥《は》ずかしいことやってても、平然として、生き生きして、楽しそうで。俺にはできないから……」

安堵《あんど》と嫉妬《しっと》と後悔《こうかい》と自己嫌悪《けんお》と……色んな気持ちがないまぜになって、もはや恥《はじ》も外聞も取り繕《つくろ》う余《よ》裕《ゆう》がなく、ぐしゃぐしゃに顔をゆがめながら、心情を吐露《とろ》する。

「俺はおまえらみたいに強くない。特技も個性も何もない。もっと頑張《がんば》ろうって思っても、面倒《めんどう》くさくて飽《あ》きやすくて、何をやっても続かない。人の顔色をうかがってビクビクして、被害妄想《ひがいもうそう》が止まらない。ネットで陰口叩いておまえらを陥《おとしい》れようとする……無能で無価値な、社会不適合者……どうしようもない、クズなんだ……」

「……そうだね。沼津、おまえはクズだ」

　死に体に鞭打《むちう》つような情け容赦《ようしゃ》のない台詞《せりふ》が響き、宙翔はビクッと身をすくめた。

「パープル!?」「九十九君!?」とギョッとする他の部員を横目に、九十九は顎《あご》を上げ、傲《ごう》慢《まん》な口調で言葉を継《つ》ぐ。

「でも、大衆なんてそんなものさ。怠惰《たいだ》で臆病《おくびょう》で脆弱《ぜいじゃく》で卑劣《ひれつ》……別におまえが特別駄目《だめ》なわけじゃない。社会不適合者？　そんな立派な称号《しょうごう》、おまえ如《ごと》きにはまだ早い」

「……たぶん、自分をそんなに責めなくていいって言いたいんだと思うよ？」

　意味が分からず困惑《こんわく》する宙翔に、聖がフォローするように付け加えた。

（社会不適合者の何が立派なのか意味不明だし、この男もスペック的には平凡《へいぼん》なはずなのになんでこんなに偉《えら》そうなんだ……!?）

　そう思いながらも、少し苦悩《くのう》が途切《とぎ》れたところで——

「ぬるいこと言ってんな。沼津、おまえがやったことは申し開きできないクズ行為《こうい》だ」

「……！」

「おい厨！」

今度は厨に真っ向から糾弾《きゅうだん》されて、どん底に突《つ》き落とされた。

「ネットで誹謗《ひぼう》中傷することの残虐《ざんぎゃく》性をしっかり思い知れ。書き込む方はほんの腹いせや憂《う》さ晴らしのつもりでも、やられた方は世界に晒《さら》されてんだ。単なる悪口とは次元が違《ちが》うし、最悪、人が死ぬことだってある」

「……悪かった……もう、しない……」

ボロボロと大粒《おおつぶ》の涙を流す宙翔を見ても、厨は冷たい表情を変えなかったけれど。

「まあ、今回は俺たちも大したダメージは受けなかったし……反省できるなら、おまえはまだ、クズではないんじゃねえの」

少し語気を和《やわ》らげて、そう続けた。

中傷行為はクズだけど、過《あやま》ちを犯《おか》した宙翔自身はまだ、手《て》遅《おく》れではないと。

そう伝えようとしているのかと理解はしたけれど、あまりに惨《みじ》めで、やるせなくて。

「……おまえみたいになんでも持ってる奴《やつ》には、俺の気持ちなんかわからない……嫉妬や劣等感《れっとうかん》なんて、無縁《むえん》のおまえには……！」

弁解ができる立場ではないと思っても、もはや感情の枷《かせ》が外れた宙翔がつい、そう零《こぼ》すと、厨は「はあ？」と眉《まゆ》をひそめた。

「……そうだな、おまえの気持ちなんてわかんねーよ。でも……」

そう言った後、躊躇《ためら》うように仲間の方に視線を向けてから、嗚咽《おえつ》をこらえている宙翔を見つめて、小さくため息を吐《つ》く。

「……特別に教えてやる。俺はこの一年、テストで中村に勝ちたくてガチで勉強してきたが、未《いま》だに勝てたことはない。リレーの練習をできる限りやって大差でリードしていても、結局野田に抜《ぬ》かれた。圧倒《あっとう》的な差を見せられて、もう競《きそ》う気も起きないって思っても、夜になるとやっぱり眠《ねむ》れないくらい悔《くや》しくなって……悔しがるのも悔しいから平然と振舞《ふるま》ってきたが、内心はいつもジェラシーでメラメラなんだよ」

「……!?」

これはヒーロー部の連中も初耳だったようで、一様に目を丸くしていた。

「どうやったって埋《う》められない天賦《てんぷ》の差ってのはあるかもしれない。それでもいつかはって挑《いど》み続けることで、俺は前よりレベルアップする。コンプレックスやジェラシーは、俺が更《さら》に輝《かがや》くための燃料だ……そう思って、折り合い付けてるし、努力できる俺は最高にクールだと思ってる」

「……俺は、そんな風には考えられない……。できる奴を見ると自分との差を思い知らされて苦しいだけだし、そういう奴が失敗するとざまあみろって嬉《うれ》しくなって……そんな自分が情けなくて、ますます嫌《いや》になる。勉強も運動もできない。芸術の才能や知識もないし、人とも上手《うま》くしゃべれない。何をやってもうまくできない、駄目な奴だ……」

「人はみんな違うんだから、同じようにできなくて当たり前だ！　できないことは『悪』じゃないし、おまえができることに最善を尽《つ》くせばいい！」

　また落ち込みだす宙翔の背中を叩《たた》いて、そう励《はげ》ました野田は、「それに……」とこちらの顔をのぞきこみながら、言葉を継ぐ。

「沼津、おまえは特技も何もないって言ってたが、そんなことはないぞ」

「ないよ。俺には何もな――」

「ある！」

食い気味に力いっぱい断言したかと思うと。

「おまえのゲームの腕《うで》は、すごい！」


いたって真顔でそんなところを褒《ほ》めてきて、宙翔はポカンとした。

しかも他《ほか》のメンバーも「確かに！」などと納得《なっとく》したように手を打っている。


「……ゲームが上手いからってプロには程遠《ほどとお》いし。何の役にも立たないだろ」

「役には立たなくても、カッコいいぞ！　カッコいいって、最強だろう⁉」

「ああ、俺、鳥肌《とりはだ》立ったもん。プロとか関係なしに、十分すごいって！」

「大げさ……たかがゲームで」

「――自分が好きなものを『たかが』なんて言うなよ！」

野田に同調して誉《ほ》めそやしていた高嶋が、急に本気で怒《おこ》ってきた。

「好きなゲーム、好きなアニメ、好きな漫画《まんが》、好きなキャラ！　好きなものは生きる希望だ。たとえ他人がボロクソにけなそうが、自分がいいと思ったものは絶対に価値があるし、それを否定することは自分の心を潰《つぶ》す行為だ。……何を好きかってことが集まって、個性ってのができるんじゃないか？」

「…………」

「そうだ、おまえも『アイライブ！』やってみろよ！　空良ちゃんの笑顔《えがお》だけでハッピーパワーが満タンになるぜ！」

「いや、それはいい」

すかさず布教してくる高嶋から引き気味になっていたら、今度は中村が眼鏡のブリッジを押し上げながら「迷える子羊よ……」と語り掛《か》けてくる。

（おまえは神か牧師か！）

「あそこまでのテクニックを身に付けるために、どれほどの修練を積んだことか……『何をやっても続かない』というおまえの自己認識《にんしき》には誤謬《ごびゅう》があると指摘《してき》せざるを得まい」

「……そりゃ好きなことを続けるのは苦じゃないから……」

「『天才とは、蝶《ちょう》を追っていつのまにか山頂に登っている少年である』――アメリカの作家スタインベックの名言だ。夢中になれることがあるなら、対象が何であれ、それは才能であり特性だろう」

「確かに、おまえのゲームセンスには、オレも一目置いている」

「そのうちリベンジしてやるから待ってろよ」

「またあの神業《かみわざ》コンボ見せてくれ！」

部員たちはみんな、本気で宙翔のゲームの腕をリスペクトしているようで。


（ゲームが上手い奴はカッコいいって……小学生かよ……）


あまりの能天気さに呆《あき》れながらも、もはや嘆《なげ》いているのも場《ば》違《ちが》いな気がしてきて。

悩《なや》みは何一つ解決してないのに、そこまで思いつめなくてもいいのかなと思えてきて。

弱音や愚痴《ぐち》を散々吐き出したせいもあるのだろうか……気付けば随分《ずいぶん》、胸の痛みが楽になっていた。

「あ、先生、ここですー！」

スノーモービルの光が近付いてくる中、宙翔は「……あのさ」と涙《なみだ》をぬぐいながら、思い切って彼らに呼びかけた。

「助けにきてくれて……ありがとう」

＊＊＊

足をくじいた沼津君はA組の担任が運転するスノーモービルで、私たちヒーロー部は名雪先生と徒歩で、それぞれホテルに帰ることになった。

一刻だけ降っていた雪は、もう止《や》んでいる。

ナイター客の邪魔《じゃま》にならないように、ゲレンデの端《はし》の方を下っていたところ――

「あ、空……！」

高嶋君の声につられて見上げてみると、いつのまにか雲が晴れ、息をのむような壮大《そうだい》な星原が広がっていた。

初日、二日目と夜はずっと曇《くも》っていたから、北海道で見る初めての星空。

深い藍色《あいいろ》に銀色の砂をちりばめたような幻想《げんそう》的な光景に、いつも見えないだけで空にはこんなにたくさんの星が溢《あふ》れていたのかと、感嘆《かんたん》した。

「沼津宙翔に感謝すべきかもしれんな」

「ああ……あいつを捜《さが》しに外に出なきゃ、おそらくこのスターリースカイは見られなかった」

「この夜空は、心優《やさ》しい君たちへの天からの贈《おく》り物なのでしょう」

名雪先生から恥《は》ずかしいことを言われて、部員たちが反応に困る中、「……いや」と野田君が首を振《ふ》った。

「これはきっと、沼津へのプレゼントだ」

……そうかもしれないね。

彼にされたことはショックだったけれど、すでに大きな罪悪感と自己嫌悪《けんお》に苦しんでいたから、恨《うら》む気持ちは起きなかった。

周りと比べる必要なんてないってわかっていても、どうしても比べてしまって、落ち込んだり羨《うらや》んだりしてしまうことは、私もある……。

「……見えてるといいけど……」

ぽつりと落とされた九十九君の呟《つぶや》きは、いつものような皮肉ではなく、祈《いの》りのように聞こえた。

心があまりに疲《つか》れていたり、折れてしまっていたら、どんなに素晴《すば》らしいものにも気付けないかもしれないから。

でも、今の彼なら、きっと同じ空を見上げていると思う。

そして、私たちの誰《だれ》よりも、この美しさに胸を打たれているだろう。

傷ついている時ほど、美しいものの美しさは、深く、鮮《あざ》やかに染《し》み入るものだから……。

思い通りにいかないことは沢山《たくさん》あるかもしれないけど、世界には、こんな素敵《すてき》なものもあるということを。

みんなと見たこの空を、私もずっと憶《おぼ》えていられますように……。

しんと凍《い》てつく静謐《せいひつ》の中。

吸い込まれそうな満天の星に、そう、願った。

第五章 ボーイズ・ビー・アンビリーバボー

翌日、朝の集会で、初日に助けた妊婦《にんぷ》さんから野田君と高嶋君へお礼のメッセージが届いた、と先生からその内容が紹介《しょうかい》された。

行方《ゆくえ》不明になっていた沼津君を救出したという噂《うわさ》も広まっているようで、周囲から「ヒーロー部、お手《て》柄《がら》続きだな」「修学旅行でも忙《いそが》しいね～」と好意的な言葉をいくつもかけられた。

例の掲示《けいじ》板《ばん》をのぞいてみると、

『先日写真等を投稿《とうこう》した者です。あれらのヒーロー部の行為《こうい》は全《すべ》て人助けのためという事情があったことがわかったので、削除《さくじょ》します。お騒《さわ》がせしてすみませんでした』

というコメントとともに、写真やデマが全部削除されていた。

『そんなことだと思った』

『俺はヒーロー部を信じてたぞ』

『人助けであんなとこ登る？』

『風船が引っかかってたって聞いた』

『ナイターは、行方不明の生徒を捜しに行ったんだって』

『それは三日目だろ』

『名雪先生が落とし物をして、捜すのを手伝ったらしい』

『妊婦さんを助けたのも本当だったって』

『草。そんなマンガみたいなことマジであるんだ』

『ヒーロー部半端《はんぱ》ない』

『誤解して悪かったな……』


「——よし、汚名《おめい》返上、名誉挽回《めいよばんかい》！　これにて一件落着、だな！」

完全に風向きが変わった掲示板のコメント群を見て、笑顔《えがお》になる野田君。

「デマだったってわかった途端《とたん》、擁護《ようご》が出るんだな……非難の嵐《あらし》の時はかばってくれなかったのに」

「流れに逆らうのは並大抵《なみたいてい》の胆力《たんりょく》では不可能。大衆に期待するのは無駄《むだ》というものだろう」

呆《あき》れたようにため息を漏《も》らす高嶋君に、中村君が悟《さと》ったような顔で言う。

でも、こんなにすぐ擁護コメントがいっぱいつくってことは、黙《だま》ってたけどもともとヒーロー部を信じてくれてた人が多かったってことなんだろうな。

憂《うれ》いも消えたことだし、心置きなく北海道旅行を満喫《まんきつ》しよう！

☆★☆

四日目は、スキー場を後にして、札幌《さっぽろ》・小樽《おたる》で班ごとの自由行動。

全体解散の直後に中村君たちの班と合流して、一緒《いっしょ》に回ることにする。

最初に訪《おとず》れたのは、札幌市時計台。

赤い三角屋根に白い壁《かべ》の時計台は、想像していたよりショボ……もとい、こぢんまりして、古式ゆかしい佇《たたず》まい。

長椅子《ながいす》に腰掛《こしか》ける男性の座像を見て、野田君が首を傾《かし》げる。

「ん？　このひげのオッサン、誰だっけ？」

「札幌農学校の創設に貢献《こうけん》したクラーク博士だな。――『少年よ、大志を抱《いだ》け』」

バッと右腕《みぎうで》をまっすぐ伸《の》ばし、低音を響《ひび》かせる中村君に、野田君は「あっ、あれか」と手を叩《たた》いた。

「ボーイズ・ビー・アンビリーバボー！」

「ボーイズ・ビー・アンビシャス！　アンビリーバボーだと奇想天外《きそうてんがい》になっちゃうよ」

博士と肩《かた》を組んだり、膝《ひざ》に寄りかかったり、頭を上に並べてトーテムポールっぽくしたりと、ふざけた記念写真を撮影《さつえい》する厨病《ちゅうびょう》ボーイズ。

広々とした大通公園を抜《ぬ》けて、さっぽろテレビ塔《とう》の展望台で眺望《ちょうぼう》を楽しんだ後、お土産《みやげ》屋さんを回る。

私は家族用にマルセイバターサンドと三方六バームクーヘン、あとフロストピラーという、北海道の冬をイメージした綺麗《きれい》な青系と白のキャンドルを一つ、お世話になった氷雨さんへ購入《こうにゅう》した。

一年生へは部員みんなで買うことに決めて、虎之助君にはかの霊験《れいげん》あらたかな木彫《きぼ》りの熊《くま》を買ったのだけど、莉夢ちゃんへのお土産がなかなか見つからない。

「推《お》しのご当地グッズとかあれば、あいつも喜ぶだろうけどな～」

シロクマの着ぐるみを着た空良ちゃんストラップをゲットしてほくほく顔の高嶋君の言葉に、なるほどと思ったけど、残念ながら見当たらなかった。


「――洞爺湖《とうやこ》木刀はどうだ？」

「あっ、それいい！」

「おれも欲しい！」

指をパチンと鳴らして厨君が言うと、わっと沸《わ》き立つ男子たち。

「木刀はもう部室にあるじゃない」

「だって洞爺湖木刀だぞ！　銀《ぎん》さんとお揃《そろ》い！」

あ、●魂《たま》か……。

「冒険《ぼうけん》者ギルドの掲示板によると、洞爺湖木刀は洞爺湖の道具屋でしか取り扱《あつか》っていないようだ」

スマホの画面を見ながら眉《まゆ》を寄せる中村君に、みんな「そうか～」と肩を落とす。

洞爺湖まで行く時間はないもんね。

「個人的にはキャラのイラストやタイトルが描《えが》いてあるグッズより、作中でキャラが使ってるのと同じデザインのアイテムとかの方が心惹《ひ》かれるぜ」

「わかるぞ、グリーン！　変身ベルトは毎年欲しくなる！」

野田君のはちょっと違《ちが》うかもだけど……確かに後者の方が日常生活でも使いやすそうだ。

木刀には日常生活も何もあったもんじゃないけど。

「いいよな、おそろい！　俺はどっちも好きだけど、おそろいアイテムはもっと公式でバンバン販売《はんばい》してくれたらいいのにな～」

高嶋君も激しく同意する。たぶんコストが問題なんだろうね。

莉夢ちゃんのお土産は午後にまた探すことにして、味のある赤レンガの北海道庁旧本庁舎を見学した後、札幌ラーメンでお腹《なか》を満たしてから、小樽に移動。

小樽駅の改札を出ると、正面入り口の上部、大きな窓の前にガラスのランプがずらりと飾《かざ》られていた。

小樽はガラス工芸品が有名とのことで、市内には沢山《たくさん》のガラス雑貨店や工房《こうぼう》、美術館などが連なっている。

そのうち一つのお店で、グラスに絵を彫《ほ》るリューター体験ができるというので、みんなで挑戦《ちょうせん》することに。

「あ、沼津！」

店内の奥の作業場に行くと、同じ班のメンバーと一緒に机に向かう沼津君の姿があった。

沼津君は私たちに目を丸くしてから、「ああ」と会釈《えしゃく》をする。

「これ、タリオ!?　すげー」

「沼津、絵が上手《うま》いんだな」

グラスに描かれた有名なゲームのキャラを見て、野田君たちが感心の声を上げると、沼津君は少し赤面した。

「別に……これくらい、普通《ふつう》だろ」

「否《いな》。謙虚《けんきょ》さは美徳だが、おまえはもっと調子に乗った方が良かろう」

「二葉くらいになるとウザいけどね」

「ああ？　ウザがらみはどっちだよ」

「はいはい、喧嘩《けんか》しない」

実際、私も上手だと思った。何もできないなんて、そんなことないのにな……。


リューター体験は、透明《とうめい》なグラスにペンで下描《したが》きをして、リューターという機械で彫っていくというもの。

下描きは好きな絵を描いてもいいし、色々なサンプルイラストから気に入ったものを選んで組み合わせて、グラスに透《す》かして写すことも可能とのことで、私は後者を選択《せんたく》した。

大小さまざまな雪の結晶《けっしょう》を全体に散らして、底の部分に今日の日付を記入。

リューターは普通のペンのように握《にぎ》れて、回転する先端《せんたん》部を軽く押し当てるだけで、ガラスの表面を削《けず》り彫っていく。

ただ写した模様をなぞるように彫っていくだけでも、シンプルだったグラスに自分の引いた線が刻まれていくのは楽しかった。

ときどき線が曲がって綺麗に引けなかったりしたけど、全体で見るとそんなに目立たなくて、いい感じに仕上がったと思う。

「アリスちゃんは色んなお花にしたんだね。可愛《かわい》い……菜々子ちゃんは？」

「シロクマとかペンギンとか、北海道っぽい動物を描いてみたよ〜」

「どれも素敵《すてき》にできましたわね」

男子たちの方は、野田君はウルトラマン、高嶋君は空良ちゃんの名言集（イラストは難易度高いので避《さ》けたらしい）、中村君はドラゴン、九十九君は猫《ねこ》、厨君は謎《なぞ》のクリーチャーを彫刻《ちょうこく》。

「ハートの中にたーくんの名前を入れるね♡」

「じゃあ俺は愛ちゃんの名前を入れよう♡」

カップル二人はお互《たが》いの名前と愛のメッセージを刻んだペアグラスを作っていた……見てるこっちが照れる！

小樽には明治・大正時代の建物がいっぱい残っていて、店舗《てんぽ》として再利用されている。レトロな街並みをぶらぶらしながら、キラキラしたガラス細工やお土産《みやげ》品を眺《なが》めたり、洋菓子《ようがし》店のルタオで絶品のミニパフェを堪能《たんのう》したり……。

吹《ふ》き抜《ぬ》けの大ホールに数千点ものオルゴールが並ぶオルゴール堂も素敵だった。

木、ガラス、陶器《とうき》。天使、フレーム、箱、ぬいぐるみにメリーゴーランド……素材も形も多彩《たさい》なオルゴールが、やわらかい光源に照らされて、密《ひそ》やかなメロディを響《ひび》かせ合う。

中にはお寿司《すし》のサンプルが載《の》っているまさに『ネタ』な一品もあって、面白《おもしろ》がった男子たちはそれを莉夢ちゃんのお土産にしようかなどと言っていたけれど、結局別のにした。

前にカラオケに行った時、莉夢ちゃんが推しカプのイメージソングとして歌っていた曲が流れる、黒の小さな宝石箱型のオルゴール。

喜んでくれるといいな……。

☆★☆

小樽の一番の名所は、木骨石造りの倉庫が川沿いに連なる小樽運河だ。

ところどころ苔《こけ》や蔓草《つるくさ》が壁《かべ》を覆《おお》い、現代はレストランなどに使われている倉庫群が逆さに映る水面を、観光客用の船がゆっくりと進む。

大正浪漫《ロマン》が香《かお》るノスタルジックな景色を眺めながら石畳《いしだたみ》の散策路を歩いているうちに、またお腹《なか》が空《す》いてきて、少し早いけれど夕食にすることにした。

「ヘイ、らっしゃいー！」

威勢《いせい》のいい大将の声に迎《むか》えられながら、回転寿司店のテーブル席に着く。

どのお寿司も宝石みたいにツヤツヤ光っていて、食感《しょっかん》はプリッとして味が濃《こ》くて、やっぱり北海道の魚介《ぎょかい》は最高……！　とみんなで新鮮《しんせん》な海の幸《さち》に感動していたところ、「おい、あれ」と高嶋君が壁に貼《は》られていたチラシを指さした。

「海や水辺の生き物漢字クイズだって。チャレンジ料二百円。十問中九問以上正解でお連れの方全員お会計から十パーセントオフ……竜翔院ならいけるんじゃねーか？」

「ふむ……ならば挑戦してみるとしよう」

クイズは店員さんが出すパネルに対して、チャレンジャーが答えていく形式のようだ。

第一問、『鰹』。……これは知ってる、『かつお』だよね。

「『アイアン・マカラ』」

中村君から飛び出た聞きなれない単語に、店員さんが「……はい？」と目を瞬《またた》いた。

「『アイアン・マカラ』……主に南海に生息。暗黒神ギルディバランの影響《えいきょう》で狂暴《きょうぼう》化した、鋼鉄の鱗《うろこ》を持った怪魚《かいぎょ》だ」

「⁇……不正解です」

「ちょ、ちょっと待て、ブラック！」

「現世の通称《つうしょう》で答えよう⁉」

「俺は幼少の砌《みぎり》、魚類を嚥下《えんか》した際に、喉《のど》に毒針を仕込まれた経験がある……それ以来、現世では魚類とは一線を引くようにしているのだ」

慌《あわ》てる私たちに、キランと眼鏡を光らせながら語る中村君。

えーと、子どもの頃《ころ》に骨が喉に引っかかって以来、魚が嫌《きら》い……って言ってる？

——つまり、魚の名前や漢字は全然ダメってこと⁉

第二問、『鱚』。

「『アメージング・グレース・フィッシュ』」

なんとなく雰囲気《ふんいき》は伝わるけど！

「不正解。答えはキスです」

第三問、『鰰』。

「『ポセイドン』」

海の神か！

「不正解。答えはハタハタです」

第四問、『鯱』。

「『シャチ』」

「!?　……正解です」

完全に諦《あきら》めモードが漂《ただよ》っていた中、不意に正解が飛び出し、店員さん含《ふく》め一同ざわつく。

第五問、『鰐』。

「『ワニ』」

「正解です」

もしやカッコいい動物には強い!?

第六問、『鯖』。

「『リヴァイアサン』」

「不正解。サバです」

そしてやっぱり魚はダメなのか……!

第七問以降も『魛《たちうお》』→『セイバー・フィッシュ』、『河豚《ふぐ》』→『リバー・オーク』、『春告《にし》魚《ん》』→『マーメイド』、『海馬《たつのおとしご》』→『ヒッポカムポス』……と続き、結局ボロ負けだった。

「――次はオレが行かせてもらおう」

そう名乗り出たのは、九十九君。

「パープル、難しい漢字、得意なのか!?」

「クク……能ある鷹《たか》は爪《つめ》を隠《かく》す、というやつさ」

第一問、『鰤』。

「『ブリ』」

「正解です」

第二問、『鱈』。

「『タラ』」

「正解です」

第三問、『𩸽』。

「『ホッケ』」

「正解です」

第四問、『鯑』。

「『カズノコ』」

「正解です」

「すげー！」

「そういえば九十九君、現国が得意なんだっけ……」

感心して呟《つぶや》いた私に「このケースは……」と顎《あご》を触《さわ》りながら厨君が言う。

「あいつの行きつけの魚屋が商品名を漢字で書いてるから、だと思うぜ」

生活密着型の知識か！

『鰆《さわら》』、『烏賊《いか》』、『雲丹《うに》』……と順調に正解を重ねていって。

第八問、『蜊蛄』。

「……『シャコ』？」

「不正解。ザリガニです」

あ、間違《まちが》えちゃった……てか漢字そのものが難しすぎる！

第九問、『柳葉魚』。

「『シシャモ』」

「正解です」

やった、あと一問正解できればクリア！

第十問、『翻車魚』。

「……えーと……」

腕《うで》を組み、頭をひねるように眉《まゆ》をひそめる九十九君。

なんだろう、なんとなく大きい魚っぽいけど……。

「……そうだ、『マンボウ』!?」

「正解です。おめでとうございます。十問中九問正解で、お会計十パーセントオフです!」

カランカラン……とベルが鳴らされて、九十九君はこれでもかというドヤ顔で私たちの拍手《はくしゅ》を受ける。

「見事だったぞ、パープル!」

「やるな～、九十九」

「俺はバハムートかと思ったが……」

「それにしても、魚へんに雪とか春とか、ロマンティックな漢字が入ってるのもあるんだね」

「その辺は旬《しゅん》と関係あるんだよ。鰆は春、鱈は雪が降る冬が旬。鰤も、師走《しわす》に脂《あぶら》がのって美味《おい》しいからこの漢字になったって、とある情報筋から小耳に挟《はさ》んだ」

魚屋さんから教えてもらったんだね。

九十九君の説明に、野田君が「そうだったのか!」と手を打つ。

「おれはてっきり、鰤はその魚を食べた時に、師匠《ししょう》がブリッと漏《も》らしたからかと思ったぞ」

「スチューピッド！　食事中だぞ」

「師匠よ、弟子《でし》の前で何たる失態……」

「覚え方としては最悪だけど、今日一記《き》憶《おく》に残りそうだな……」

「兄ちゃんたち、おめでとう。良かったらもう一つ、更《さら》に十パーセントオフで合計二十パーセントオフのチャンスがあるんだけどチャレンジしてみるかい？」

食事を再開しようとしたところで、大将からそんな提案を受けた。

「利《き》き酒ならぬ、利き寿司《ずし》チャレンジ！　十貫《かん》の握《にぎ》りを目隠しして食べて、ネタを当ててもらう。これも九貫以上正解したらクリア。失敗の時は、その握りの代金だけ払《はら》ってくれればいい」

おもしろそう！　ということで、今度は全員で一貫ずつ食べて挑戦《ちょうせん》することにする。

「玉子！」「いか」「イクラ」「エンガワ」……と正解していく中、次は私の番。

スカーフで目隠しをしてから、指示通りあーんと口を開けたら、一口サイズの小さなお寿司が口内に入れられた。

甘辛《あまから》いタレのこれは……アナゴ？　ウナギ？　……アナゴな気がする。

「アナゴ」

やや不安を覚えつつも解答したら、「正解」と言われて、胸を撫《な》で下ろした。

その後も「タコ」「サーモン」「アジ」と正解が続いたのだけど、九問目で菜々子ちゃんがハマチとカンパチを間違えてしまった。

これ以上失敗できない最終問題の解答者は……中村君。

大当たりか大外れのどっちかな気がする。

目隠しをした中村君の前に置かれたのは……アカガイ、かな？　とにかく貝類。

魚についてはからっきしというけど、貝はどうなんだろう？

周囲が息を詰《つ》めて見守る中、もぐもぐ、と口を動かしてゴクンと飲み込んだ中村君は、

目隠しを外しながら、自信満々に言った。

「ブラッディ・クラム」

あー……と肩《かた》を落とした次の瞬間《しゅんかん》、「正解！」と大将の声が響《ひび》いて、耳を疑う。

「アカガイは、英語で『ブラッディ・クラム』なんだぜ」

ピューッと口笛を吹《ふ》いてから、厨君が教えてくれて、納得《なっとく》すると同時にまた驚《おどろ》いた。

「そんな厨二《ちゅうに》っぽい名前なの？」

「アカガイにはもう一つ、箱舟の貝《アーク・シエル》って呼び方もある」

アカガイ、なぜそんな一身に厨二ネームを背負ってるんだ……。

「へえ、おもしれー！　他《ほか》にも英語だとカッコいいやつ、あるか？」

「マテガイはレイザー・クラム……カミソリの二枚貝って意味だな。ヤドカリがハーミット・クラブで、隠者《いんじゃ》のカニ。ホラガイはトリトンズ・トランペット……トリトンってのは海の神の名前だ」

どれもイメージしやすいね。

「ブリはアンバージャック」

「師匠の名はアンバージャックっていうのか……」

「強そうなのに漏らしたんだな」

「きっとやむに已《や》まれぬ事情が……」

そのネタはもうやめなさい！


めでたく二十パーセントオフ！　ということで、その後は心置きなく食事をした。

お魚嫌《ぎら》いの中村君は、カリフォルニアロールなどの変わり種を食べていたけど、何よりプリンにハマっていた。

「コクがあるがしつこくない優《やさ》しく全《すべ》てを赦《ゆる》し包み込む天使のようなカスタードクリームと、何かに焦《こ》がれるようなほろ苦い闇《やみ》の香《かお》りが蠱惑《こわく》的な悪魔《あくま》の如《ごと》きカラメルの奇跡《きせき》のマリアージュ……譬《たと》えるならば『天使と悪魔のハーフプリン』というところだろう」

牛乳が新鮮《しんせん》だからスイーツも美味しいんだろうけど、ほんと、甘いもの好きだね……。

☆★☆

店を出てから腹ごなしにしばらく散策しているうちに完全に日が落ちて、そろそろホテルに帰ろうかというところで。

「あれっ、そういえばグラス……!?」

不意にモブ4《フォー》高橋君がそんな声を上げ、サーッと青ざめた。

「たーくん、カバンに入りきらないからって袋《ふくろ》に入れて持ってたよね？」

「うん……ヤバい、どっかに置いてきたみたい……愛ちゃんとのペアグラス！　ごめん、俺、捜《さが》しに戻《もど》らなきゃ」

「待て。そういうことなら、分担した方が早い。みんなで協力して捜そうぜ！」


私は九十九君、厨君とお寿司屋さんやその周辺を担当。

「――すみません。夕方頃《ごろ》にこちらで食事をしたんですけど、忘れ物がありませんでしたか？　これくらいのサイズの、茶色の紙袋で、中身は梱包《こんぽう》されたガラスのグラスなんですけど……」

「ちょっとお待ちください」

店員さんに調べてもらっている間に、高嶋君からグループラインが届いた。

『オルゴール堂で発見！　小樽駅で集合しようぜ』

「すみません、他の場所で見つかったみたいです！　お手数おかけしました」

「そうですか。それでは引き続き、よい旅を……ありがとうございました～」


「動物園から始まって、この旅行はあのバカップルに振《ふ》り回されっぱなしだったね」

「確かに……でも、見つかって良かったよ」

駅へと向かう道すがら、ため息交じりに言う九十九君にそう返すと、「どうだかな」と厨君が笑った。

「意外と闇に葬《ほうむ》られてた方が、ベターだったのかもしれないぜ。あのハートだらけのペアグラスは、確実に黒歴史だろ」

「日夜全力で黒歴史を量産しまくってる二葉には、言われたくないだろうけどね」

「ナンセンス！　おまえこそ鏡見て物言えよ。なあ、瑞姫？」

「どっちもどっち……わあ……」

小樽運河に差し掛《か》かったところで、思わず感嘆《かんたん》が漏《も》れる。

夜の運河は、青のイルミネーションにライトアップされて、とても幻想《げんそう》的な雰囲気《ふんいき》を漂《ただよ》わせていた。

ガス灯にも暖かみのある黄色の光が灯《とも》り、青のＬＥＤライトとともに、雪の解け残った石造りの運河と水鏡を輝《かがや》かせている。

古いレンガや石壁《いしかべ》の倉庫群も、光に浮《う》かび上がるといっそう異国情緒《じょうちょ》が増して、なんともロマンティックな光景だ。

「――あ」

素敵《すてき》な情景に見惚《みと》れながら歩いていたら、突然《とつぜん》厨君が声を上げた。

「ちょっと寄りたいところを思い出したから、先に行っててくれ」

「え、どこ？　それなら一緒《いっしょ》に……」

「俺オンリーで行きたい。すぐに走って追いつくから……See you then」

異論を唱える暇《ひま》もなく、それだけ言うと、頭の上でチョキを振って去っていく。

「相変わらず強引《ごういん》ぐマイウェイだな……」

呆《あき》れながら漏らすと、九十九君は「そ、そうだね……」とだけ言って、煌《きら》めく運河に視線を落とした。

あれ？　いつもならもっと色々文句言いそうなものだけど……今はこの景観に浸《ひた》っていたい気分なのかな。

「四泊《ぱく》五日って、あっという間だね」

明日《あした》の朝にはもう、東京へ出航予定。

楽しかった北海道ともお別れかと思うと、感傷的な気持ちになってくる。

「うん、なんか……帰りたくないかも」

運河を見つめたまま同意する九十九君も、いつになくメランコリックな様子。

「わかる。非日常が終わっちゃう感じで寂《さび》しいよね……でも、すぐ文化祭だし。またバタバタするんだろうな～」

そして文化祭が終わると、二年生も受験モードに入る。

みんなとこんな風に騒《さわ》いでいられるのも、あと少しなのかもしれない……っていかんいかん、またしんみりしちゃった。


風が吹《ふ》いて、水面が揺《ゆ》れると、反射している青や黄色の光もチラチラと揺らめいた。

石畳《いしだたみ》の少し前を歩いている恋人《こいびと》たちが、温《ぬく》もりを分け合うように身を寄せ合う。

絶好のデートスポットだよね、ここ……。


――「瑞姫ちゃんって、野田君のこと好きなんですの？」


不意にアリスちゃんの言葉が蘇《よみがえ》って、頬《ほお》が熱くなった。

いやいや、違《ちが》うよね？

だって、以前氷雨さんのことを好きになった時は、思い出すたびにまた会いたいなあって甘酸《あまず》っぱい気持ちになっていた。あんな感情、野田君に湧《わ》くことないし……毎日顔を合わせてる今とは、状況《じょうきょう》が違い過ぎて比較《ひかく》にならない？

眩《まぶ》しく感じることはあるけど……自分が持っていないものへの憧《あこが》れ、みたいな気がする。

だけど………。

「ねえ、『好き』ってどんな感じ？」

「……!?」

ゆっくりと歩を進めながら、私が尋《たず》ねると、九十九君は大きく目を瞠《みは》ってこっちを振り返った。しまった、唐突《とうとつ》過ぎたな。

「ちょっと考える機会があって。恋愛《れんあい》と友情の違いというか、改めて、恋ってなんだろうって……」

口に出すと、なかなか恥《は》ずかしい質問だった。

九十九君は口をパクパクさせてから、気を取り直すように一度咳払《せきばら》いをして、「なるほど、ね……」とすかした態度で言葉を継《つ》ぐ。

「子孫を残すための繁殖《はんしょく》本能とか、ただの思い込みとか……恋愛は一時の気の迷い、なんて台詞《せりふ》もあったっけ」

「定義づけをしたいわけじゃないんだ。『好き』の見分け方、みたいな……」

私が補足を入れると、九十九君は頬をこわばらせ、白い息を吐《は》きながらぼそぼそと、話し出した。

「それはやっぱ……ドキドキするかじゃない？　心拍数《しんぱくすう》の上昇《じょうしょう》」

「あっ、そういうの、聞きたかった！　ドキドキってどんな時に？」

「……近くにいる時とか、笑った時とか、なんでもない会話とか……いろいろ」

「へえ……！　他《ほか》には？　実体験に基《もと》づいたやつ」

「……朝起きると、思い出して……食事してても、遊んでても……ずっと……ってわけではないけど、いつも、考えてる。今何してるかなとか、あんなこと言ってたなとか」

「おお……他にもある？」

「……なんか光って見える」

「好きな人が？」

「とか、その周りも。雨や曇《くも》りの日でも、会えるとパッと明度が上がるっていうか……」

「そうなんだ……！」

「…………もう、勘弁《かんべん》して。死ぬ」

話しているうちに夜目でもわかるくらい赤くなって、手で顔を覆《おお》って降参宣言をする九十九君に、微笑《ほほえ》ましくて噴《ふ》き出しそうになった。

「ありがとう。参考になった」

本やラブソングの歌詞で見るような気持ちって本当にあるんだ……そして、私はやっぱり、そんな段階ではないみたい。

恋愛の形は人それぞれっていうし、彼は情熱的な方かもしれないけど……。

それにしても、あの九十九君が、よくここまで話してくれたものだ。

「聖サン。オレが好きな人、知りたい？」

「えっ、教えてくれるの？」

九十九君は足を止め、まだ顔を赤く染めたまま、私に向き直った。

「オレが好きなのは――」

プアーッと道路から大きな車のクラクションが轟《とどろ》いて、その後の声がかき消される。

「……ごめん、聞こえなかった！　もう一回言って！」

「いや、いい……もう、オレはいいんだ……一生このままなんだ……」

脱力《だつりょく》したように運河の石垣《いしがき》に両手をついて、悲嘆《ひたん》している九十九君。

好きな人の名前を口に出すだけで、そんなに気力をつかうなんて……。


その時、また冷たい風がビュウッと吹いて、私のリュックから、何かが落ちた。

「あっ……」

ころころと転がるそれは、ファスナーに付けていた三毛猫《みけねこ》のマスコット。


すかさず九十九君がつかんで、「はい」と渡《わた》してくれた。

「ありがとう」

「――それ、引っ越《こ》しの時のだよね」

「そうそう、新しいリュックに合うかと思って……可愛《かわい》いよね、これ」

三月のお別れ会の際にもらった、ベンジャミン似のブサカワにゃんこ。

「もう捨てたのかと思ってた」

「なんで!?　ずっとヒーロー券と並べて机に飾《かざ》ってたし……なんなら一緒《いっしょ》にもらった勿忘草《わすれなぐさ》も、押し花の栞《しおり》にしたよ」

「マジで!?　聖サン、まめ過ぎでしょ……」

「嬉《うれ》しかったから。まあ、あの時のドタバタを思い出すと、結構恥ずかしいんだけど……」


みんなが私のために色んな出し物をしてくれて。

転校が中止になった時は、すごく喜んでくれて。

あの時、胸いっぱいに広がった少しくすぐったくてあたたかい気持ちが蘇り、自然と頬がほころんだ。


「これで他意がないとか……天使なのに悪魔《あくま》だ……」

「何、中村君の話？」

何か呟《つぶや》かれた単語の切れ端《はし》だけが聞こえて、首を傾《かし》げると、九十九君ははあーっと大きくため息を吐《つ》いた。

ヒーロー券

白い靄《もや》がひときわ大きく、空中を彷徨《さまよ》い、消えていく。

「――違《ちが》うよ。聖サンの話」

そう言った九十九君は、少し怒《おこ》ったような、すごく真剣《しんけん》な表情をしていて。

今まで見たことがないような熱の渦巻《うずま》く瞳《ひとみ》に、息をのんだ次の瞬間《しゅんかん》。

グイッと肩《かた》を引かれたかと思うと、全身を抱《だ》きすくめられ、頭が真っ白になった。

…………え？　なに？　なにが起こってる…………？

すぐ耳元で、ドキンドキンドキンと早鐘《はやがね》が大きく鳴っていた。

――「それはやっぱ……ドキドキするかじゃない？　心拍数の上昇」

頭の上から、絞《しぼ》り出すような、熱のこもった、声。

「オレ……聖サンのことが、好きなんだ……！」

キラーン!
現世では魚類とは
一線を引くように
しているのだ

番外編❶

純情ヤンキー&魔王少女

十月上旬《じょうじゅん》のある日、昼休みに松丸《まつまる》虎之助が忘れ物を取りに来たところ、部室では木下《きのした》莉夢が一人で弁当を食べていた。

曰《いわ》く、「供物《くもつ》を味わうには、下界の喧騒《けんそう》を離《はな》れた静寂《せいじゃく》の中が好ましい」。

超《ちょう》マイペースの莉夢はクラスで孤立《こりつ》しており、昼はいつも部室で過ごしていたらしい。

本人は超然《ちょうぜん》としていたが、虎之助は気になってしまい、翌日は彼も弁当持参で訪《おとず》れた。

『なんじゃ、妾《わらわ》の静穏《せいおん》のひとときを邪魔《じゃま》するでない』

『いいじゃねえか。飯は一人で食っても美味《うま》いけど、誰《だれ》かと食った方がもっと美味いぜ』

『笑止《しょうし》！　味覚のみに集中し得る孤高こそ、美食を堪能《たんのう》する最上の一手じゃ』

『あー、また小難しい言葉並べやがって……一人飯のが味に集中できるって言いたいのか？　でも美味さってのは味だけじゃねえ。気分も大事だろ』

『これだから俗物《ぞくぶつ》は……妾を凡愚《ぼんぐ》の勝手な型にはめるな』

『やっぱ畳《たたみ》はいいよなー。ポットがあるのも便利だし。オレも時々ここ使お』

『こら、話を逸《そ》らすでない』

最初は虎之助が現れるたびに顔をしかめていた莉夢も、二週間ほどで諦《あきら》めたようだ。

本当に嫌《いや》だったらこいつはオレに遠慮《えんりょ》なく出ていくだろ、と思ったし、部室での昼食時間が心地《ここち》よかったのも事実だったので、以来、虎之助も週の半分は部室で弁当を食べるようになった。

「ん？　木下、今日の飯それだけなのか？」

二段の大きな弁当箱を広げる虎之助の向かいの席で、莉夢が取り出したのは、ゼリー飲料一つ。

「うむ。しばしこの躰《からだ》は禁忌《きんき》に犯《おか》されてしまったのでな……とかく人の肉体とは不便なものよ」

「禁忌？　どっか悪いのか!?　オイ、大丈夫《だいじょうぶ》なのかよ」

顔色を変えて身を乗り出す虎之助に、莉夢は赤紫《あかむらさき》の大きな目をパチパチさせてから、フッと笑った。

「案ずることはない。己《おのれ》の理想の器《うつわ》を得るための、調整期間に入っただけのことよ」

「調整期間？」

「俗に言う『ダイエット』というやつじゃ」

「ダイエット!?　なんだよ、驚《おどろ》かせやがって……」

胸を撫《な》で下ろしてから、莉夢を見つめて、首を傾げる虎之助。

「でも、おめー、ダイエットとか別にいらねーだろ……確かに最近、ちょっと丸くなった気はするけど」

瞬間、いつになく機嫌《きげん》良さそうだった莉夢の表情が、ピシッと凍《こお》り付いた。

「ほう……煽《あお》ってくれるではないか、この駄虎《だこ》めが。誰が愛と勇気だけを友とする孤独な戦士の如《ごと》き輪郭《りんかく》じゃと？」

「いや、アンパ●マンとまでは言ってないだろ！　ただちょっと丸く——」

「黙《だま》れ小童《こわっぱ》！」

カッと頬《ほお》を染めて一喝《いっかつ》してから、莉夢はコホンと咳払《せきばら》いを一つすると、無理やり口元にまた笑《え》みを浮《う》かべた。

「……否《いな》、貴様のその言動、今は寧《むし》ろ礼を言おう。妾に闘志《とうし》の熾火《おきび》を灯《とも》してくれたわ……ここまで侮辱《ぶじょく》されたからには、どれほどの空腹にも耐《た》え抜《ぬ》き、必ずや減量してみせようぞ……！」

「だから侮辱じゃなくて！　もともとが細すぎるくらいなんだから、ちょうどいいんじゃねーかって言いたかったんだよ」

「…………」

「ほら、ちょっとぽっちゃりくらいのが男にモテるとか聞くし」

ちゅう～っとゼリーをジト目で吸っていた莉夢は、はあっとため息を吐《つ》くと、顎《あご》を上げて言い放つ。

「モテなど全くもって興味ないし、平均体重もどうでもいい。妾は妾が理想とする妾であるために、この器を錬成《れんせい》しておるだけじゃ」

「……！」

「わかったら貴様はこれ以上余計な口は――」

「熱い！　熱いじゃねーか、木下！」

「！」

目を瞠《みは》って言葉を失っていた虎之助が、こたつ机を回りこんだと思えばいきなりガシッと両肩《りょうかた》をつかんできたので、今度は莉夢が息をのんだ。

「そうだよな、オレが間違《まちが》ってた！　謝るぜ。周りがどうとかじゃねーよな、てめーがなりたいてめーになる！　魂《たましい》の咆哮《ほうこう》、オレのド真ん中にガツンと来たぜ！」

「魂の咆哮……などという大仰《おおぎょう》なものではないが。ふむ、魔王の言霊《ことだま》ともなれば何気なく放った一言が福音《ふくいん》にも呪縛《じゅばく》にもなりうるか……」

「だがよ、木下！」

クク、と満更《まんざら》でもない気分で頬をゆるめていた莉夢に、語気を強める虎之助。

「無茶《むちゃ》な食事制限は見逃《みのが》せねえ。オレの地元の花屋の姉ちゃんは、そのせいで骨がスカスカになる……骨《こつ》そそーしょー？　とかいう病気になって、入院する羽目になったって言ってた」

「なんと……」

「痩《や》せたいなら運動で脂肪《しぼう》を燃やそうぜ！」

「……妾は運動は嫌《きら》い――」

「オレも付き合うから！　体壊《こわ》したら元も子もねーだろ⁉」

正直、面倒《めんどう》くさいという思いでいっぱいだったのだが、虎之助があまりに真剣《しんけん》な顔で諭《さと》してくるので、莉夢は「……仕方ないのう」と渋々《しぶしぶ》頷《うなず》いた。

☆★☆

そして、放課後。

「おいコラ、運動できる格好で来いって言っただろ⁉　なんでドレスのままなんだよ⁉」

部室前の中庭に、虎之助の怒鳴《どな》り声が響《ひび》く。

「妾《わらわ》にとって運動とは、薄《うす》い本の中で営まれているソレを鑑賞《かんしょう》するものじゃ」

「？　よくわかんねーが、おめーが動かなきゃ意味ねーだろ！　ジャージに着替《きが》えてこい！」

嫌そうにため息を吐いてから、部室で体育用ジャージに着替えてくる莉夢。

ちなみに二年生は今日から修学旅行なので、今ヒーロー部にはこの二人だけだ。


「それじゃあ最初は、ヤンキースクワットだ！」

「……なにやら奇怪《きかい》な接頭語が聞こえたが」

「つま先を外側に向けて、腰《こし》を下ろした時にヤンキー座りになるような体勢でスクワットするんだ。普通《ふつう》のスクワットよりも股関節《こかんせつ》周りに負荷《ふか》がかかって、筋力、体幹力、基礎《きそ》代謝がアップ！　腹や尻《しり》、太腿《ふともも》も引き締《し》まる。正式には『腰割り』っていうらしいぜ」

スラスラと説明する虎之助に、「ほう」と莉夢は感心したように目を瞬《またた》く。

「存外、理に基《もと》づいておる……？」

「野田の兄貴と一緒《いっしょ》にオレも筋トレは日課にしてるからな！　このヤンキースクワットは

厨先輩《せんぱい》に教えてもらったんだ。先輩もジムで鍛《きた》えてるんだって」

「なるほどのう」

「まずはこれを、さらっと百回！」

明るく言い切った虎之助に、莉夢の口がカポッと開く。

「加えて腹筋百回、腕立《うでた》て百回。この三つをワンセットで、三回繰《く》り返す。その後は……ここにメニューを書いておいた」

笑顔の虎之助から渡《わた》されたメモに、莉夢はサッと目を走らせると――

「地獄の業火《インフェルノ》」

ライターでそれを焼却《しょうきゃく》した。

「あー!?」と虎之助の絶叫《ぜっきょう》が響く。

「てめー、人がせっかく作ったトレーニングメニューを何燃やしてんだよ!?」

「喧《やかま》しい。妾はおぬしらのような筋肉馬鹿《ばか》とは違うのじゃ」

「だからって秒で燃やすことはねーだろ！」

「無茶な筋トレも体には害悪であろう」

ビシリと言うと、虎之助は「……チッ」と舌打ちしてから、頭をかいた。

「それはそうだな……じゃあ、とりあえず、できるくらいから」

――ヤンキースクワットは十回、腹筋は五回、腕立ては一回もできなかった。

「どうじゃ……妾の実力、思い知ったか……ふーふー」

「なんで偉《えら》そうなんだよ」

地面に倒《たお》れ込んで息を荒《あら》くしながら唇《くちびる》の端《はし》を吊《つ》り上げる莉夢を、呆《あき》れ顔で見下ろす虎之助。

「竜翔院先輩といい、闇《やみ》の眷属《けんぞく》ってのは体力ねえのか？」

「魔《ま》界《かい》とは空気が違うからのう……譬《たと》えるならば人類が深海で活動できぬようなもの」

「それはキツイな！」

「もとより妾は高貴なる王位に坐《ざ》する存在。あくせくと肉体を行使する必要性は皆無《かいむ》じゃった……妾が現世に転生することになった顛末《てんまつ》を語ると長くなるが」

「あー、それはいい。次はミット打ちだ。全身運動だから、ダイエットにピッタリだぜ」

ボクシングのグローブを莉夢に渡してから、ミットを両手に持って、パン、と打ち合わせる。


「木下、シャウト効果って知ってるか？」

「初耳じゃな」

「ボディビルダーがダンベル持ち上げる時、よく叫《さけ》んでるだろ？　あれは大声を出すことで興奮状態になって、普段は脳が抑制《よくせい》してる筋力が引き出されるんだって。『火事場の馬鹿力』ってやつだな」

「ほう……」

「つーわけで、おめーも声出しながらやっていいからな！　『脂肪ぶっ殺す！』『腹筋かち割るぞオラア！』とか」

「どんだけ必死なんじゃ妾」

☆★☆

筋トレ二日目。

「今日は秘密兵器を二つ、用意してきたぜ！」

中庭に仁王立《におうだ》ちしながらそう話す虎之助の横には、布をかぶせられた謎《なぞ》の物体があった。

「コレの中身は、まだお楽しみだ。まずはこっち！」

ジャーン、と虎之助がカバンから取り出したのは、黒のサウナスーツ。

「昨日の帰り、たまたま洋品店のおばちゃんと世間話してたら、売れ残りだけどってタダでくれたんだ！　いっぱい汗《あせ》が出て、運動効率が上がるって」

「ほう……」

「気合入るように、刺繍《ししゅう》入れといた！」

クルリと回してみせたサウナスーツの背中部分には、「暴走天使莉々夢参上」の白文字が。

「貴様、また余計な手を加えおって……！」

「綺麗《きれい》にできただろ？　自信作だぜ。早速《さっそく》着てみてくれ！」

目の下に隈《くま》を作った虎之助から全開の笑顔《えがお》で押し付けられ、断る、と言うつもりだった莉夢の口がパクパクと無音を発する。

内心で盛大《せいだい》なため息を吐《つ》きながら、サウナスーツに着替えて部室から出てきた莉夢に、虎之助は「似合ってるぜ！」と親指を立てた。

「秘密兵器二つ目は、これだ！　ジャーン！」

そんな言葉とともに、バサッと布を取り払《はら》うと、ゴテゴテと電飾《でんしょく》や薔薇《ばら》の造花が飾《かざ》られた改造自転車が出現した。

前かごの部分には人相の悪い黒山羊《やぎ》の頭のオブジェがつけられ、ハンドルはその山羊の太い角。

サドルの背もたれに、ところどころに赤薔薇の咲《さ》いた茨《いばら》が絡《から》みつく巨大《きょだい》な十字架《じゅうじか》が、長く伸《の》ばされた荷台にはチェーンや電飾が巻かれた大きな棺《ひつぎ》が、更《さら》にはその棺には『ダイエット』と書かれたのぼり旗が、それぞれ取り付けられている。

「…………！」

「前に竜翔院先輩に頼《たの》まれて改造したチャリ機『転輪せし混沌の覇王《ロード・オブ・ザ・リング》』をアレンジしたダークファンタジー風デコチャリの二号車だ！　ライトを点灯するとなんと——山羊の口からビームが！　イカすだろ!?　これでオレの愛機と峠《とうげ》攻《ぜ》めしようぜ！」

まっぴら御免《ごめん》じゃ!!　と言いたかったけれど、期待に満ちた眼差《まなざ》しで「ほら、乗って乗って！」と促《うなが》されると、またしても、無下にするのは胸が痛んだ。

(くっ、冷酷《れいこく》無比な魔王である妾《わらわ》が、いったいなぜ……!?)

ギリッと奥歯を噛《か》み締《し》めながら、恥《は》ずかしい改造自転車にまたがる。

「…………松丸虎之助よ」

「おう！」

「ペダルが動かぬ」

——デコレーションが重すぎて、ペダルをいくら踏《ふ》みしめても、全然動かせなかった。

「しまったー！　そういえば竜翔院先輩《せんぱい》の時も、それでポシャッたんだったー！　オ、オレとしたことが同じ過《あやま》ちを繰り返すなんて……！」

頭を抱《かか》える虎之助に、（アホじゃ……だが、助かった……）とホッとする莉夢だった。

結局この日は、河川敷《かせんしき》でランニングすることになった。

デコチャリ二号車は虎之助が乗り、莉夢に並走《へいそう》しながらメガホンで拍子《ひょうし》をとる。

「それワンパン、チョーパン、ワンパン、チョーパン」

（掛《か》け声もダサい……）

「――よし、一度休憩《きゅうけい》にするか」

莉夢がヘロヘロになったのを見て、キイッとブレーキを掛ける虎之助。

ゼエゼエと弾《はず》む息を整えながら、噴《ふ》き出る汗をタオルで拭《ふ》いていた莉夢に、「ほら」と水筒《すいとう》が差し出された。

「たっぷり水分補給しろよ」

「ふむ……気が利《き》くではないか」

「美味《うま》いぜ、オレの特製ドリンク！」

瞬間《しゅんかん》、ブーッと莉夢の口から液体が噴射《ふんしゃ》される。

「おええっ……き、貴様……妾にいったい何の毒物を、うっぷ、盛りおった……⁉」

「はあ？　普通《ふつう》のスポドリに、代謝を上げられそうなニンニク唐辛子《とうがらし》ショウガゴーヤと美容にいいっていうハチミツとアマニ油と……体にいいもんぶち込んだだけだぜ」

「の、喉《のど》が焼ける……苦……匂《にお》いもうっぷ、気持ち悪おえええ」

「おい、大丈夫《だいじょうぶ》か⁉　おかしいな、ちゃんと味見したのに……あ、あそこに自販機《じはんき》あるから、待ってろ！」

虎之助が買ってきた水を一気飲みして、ようやく一息ついた。

「苦い・辛《から》い・臭《くさ》いの三重苦にベタつく甘さと謎のとろみまであって、まさに地獄《じごく》の味じゃった……貴様は手料理禁止じゃ、この味音痴《おんち》め！」

「ああ？　オレはおめーのためにわざわざ――」

「余計なお世話じゃ、危《あや》うく息の根が止まりかけたわ」

「てめー、もっと言い方ってもんがあるだろ!?」

険悪な雰囲気《ふんいき》が漂《ただよ》い出したその時。

ビュウッと突風《とっぷう》が吹《ふ》き、「ぎゃああああ」という絶叫が轟《とどろ》き渡《わた》る。

何事かと見上げた二人の視界に映ったのは、堤防《ていぼう》からたくさんの白い紙が舞《ま》い散る光景。

「私の原稿《げんこう》がー!」

悲痛な叫《さけ》びから、大切なものを飛ばされたのだと察した虎之助と莉夢は、慌《あわ》てて周囲にバラバラに散らばったそれを回収し始めた。

どうやら漫画《まんが》の原稿らしい。

幸い、河に落ちたものはなさそうだが、もたもたしていたらまた風が吹いて、取り返しのつかないことになりかねないので、走り回って拾い集める。

大方拾い終えたか……と思ったところで、虎之助は、土手と河の水面のギリギリのところで原稿が一枚、草に引っかかっているのに気付いた。

ただ、土手の傾斜《けいしゃ》が急なので、普通に取ろうとしたら自分も河に落ちてしまいそうだ。

幸い、傍《そば》に生えていた木がいい感じに枝を伸ばしていたので、それを片手でつかんで体を支えながら、身を乗り出す。

「……よし、獲《と》れた！」

刹那《せつな》、ポキンと握《にぎ》っていた枝が折れた。

やべ、落ちる！　と焦《あせ》った直後、グイッと腰《こし》のところを引っ張られる。

振《ふ》り返ると、莉夢が虎之助のチェーンベルトをつかんで、真っ赤な顔で踏ん張っていた。

本来の彼女の力ではとても支えられると思えなかったが。

「ぬ……沼《ぬま》ああああああ！」

シャウト効果でこらえたその僅《わず》かな時間で、虎之助は体勢を立て直し、木の枝のまだ折れていない部分をつかむと土手を駆《か》け上った。

「サンキュー、木下。助かった」

「ハア……おぬしを助けたのではない……原稿を、守ったのじゃ……ハアハア」

息を乱しながらへたり込んで汗《あせ》をぬぐう莉夢に、虎之助が苦笑《くしょう》していたところ。

「ありがとう！　なんてお礼を言ったら良いか……！」

原稿の持ち主である女子が、駆け寄ってきて頭を下げた。

「おかげで週末のキス×クロオンリーイベントで本が出せるよ！　本当にありがとう、莉夢ちゃん！　松丸君！」

見覚えのない相手から名前を呼ばれてキョトンとする虎之助に、「あ、ごめんね、馴《な》れ馴れしくて」と女子が少し赤くなった。

「私、皆神高校の漫画研究部１‐Ｅの野《の》原《はら》です。莉夢ちゃんとは同好の士で、松丸君のことは応援《おうえん》団の副団長をしてたから、一方的に名前を知ってて……」

なるほど、と合点がいった虎之助の隣《となり》で、莉夢が「良かったのう」としみじみと呟《つぶや》く。

「そなたの描《えが》くキス×クロは妾《わらわ》も大好物じゃ。お宝原稿を守ることができて、何よりじゃ」

「莉夢ちゃ～ん、嬉《うれ》しい。ありがちゅー！　莉夢ちゃんもオンリー、来るんだよね？」

「無論のこと。此《こ》度《たび》は一般《いっぱん》参加だが、軍資金の用意は万全《ばんぜん》じゃ」

「キス×クロはうちらの救いで希望で命の源だからね！　楽しみだね〜……ってごめん、お取込み中だったのに、話し込んじゃって。じゃあ、またね！」

「……おまえ、友達いたんだな」

去っていく野原を見送りながら虎之助が言うと、莉夢はフッと笑《え》みを浮《う》かべた。

「あやつはこの現世という砂漠《さばく》に咲《さ》く禁断の薔薇《ばら》をともに愛《め》でる同胞《はらから》よ」

「よくわかんねーけど、昼飯もあいつと食べればいいのに」

「だから言ったであろう、妾が部室に赴《おもむ》いているのは、静寂《せいじゃく》を好んでのこと」

（なんだ……よかった。楽しくやってんじゃねーか）

なぜかホッとして、虎之助が頬《ほお》を和《なご》ませていたら、「……だが」と莉夢が言葉を継《つ》いだ。

「おぬしと昼餉《ひるげ》を摂《と》るのは、別段不快ではないぞ……？」

不遜《ふそん》な言い方なのに、少し不安そうな瞳《ひとみ》で、こちらをうかがうようにそう言われ、虎之助の胸がギュンッ、と一瞬《いっしゅん》、おかしくなった。

（！！？？？　……なんだ、今の？）

「……オレも、部室は気に入ってるし」

怪訝《けげん》に思いつつも、虎之助が答えると、莉夢は「そうか」と言いながらふいっと背を向けた。

「では、鍛錬《たんれん》を再開するとしようか。体力も多少はあった方が便利なようじゃしのう」

「ああ、筋肉は裏切らねえ！　おっし、兄貴たちが帰ってくるまでの集中トレーニング、気張っていこうぜー！」

「……五月蠅《うるさ》い」

「なんだよ、その言い草！」

☆★☆

そんなこんなで、いざこざは絶えないながらも五日間のトレーニングを終えた、週明け。

「オッス、木下！　どうだった？」

いつも夜の決まった時間に体重を測るという彼女に、教室で虎之助が結果を尋《たず》ねたところ。

莉夢はフッと頬を緩《ゆる》ませ、胸を張ってみせた。

「体重一キロ、腹囲一センチ、ともに減少。目標完遂《かんすい》じゃ」

「おっしゃー！　良かったな！」

思わずガッツポーズをして快哉《かいさい》を叫ぶと、莉夢は「だから声がでかい」と顔をしかめた。

「だが、此度のおぬしの働きは認めよう……先日、妾の推《お》し作品である『ミラージュドリームランド』のコラボカフェがあり、うっかりカロリーを超過摂取《ちょうかせっしゅ》してしまったのじゃが――」

「あー、それで太ったのか」

「おかげで今週から始まる『鉄《くろがね》の幻魔《げんま》導士《どうし》』コラボカフェでも、推しのフードを貪《むさぼ》り食うことができる！」

「～～また太る気かよ！！！」

（オレが付き合ったあの時間はいったい何だったんだ……）

ガクーッと脱力《だつりょく》する虎之助の横で、「当然じゃ」と悪びれることなく頷《うなず》く莉夢。

「しかも、基礎《きそ》代謝が増えているはずだから、以前より更《さら》に食べられる……！」

「ざけんな！　人の苦労を無駄《むだ》にするつもりか!?」

「無駄なものか、尊いコラボフードと化して妾の血となり肉となり精神の糧《かて》となる」

「次太っても、オレはもう知らねーからな！」

――そんなふうにやり合いながらも、またなんだかんだ世話を焼いてしまう予感をヒシヒシと覚えつつ。

それがどうしてかはまだまだ無自覚な、松丸虎之助、十六歳の秋だった。

番外編❷

遥歌と奏汰のぼうけん

「なんでそんなこと言うの？　諒太《りょうた》君のバカ！」

金曜日の夜。子ども部屋でお絵描《えか》きをしていた九十九遥歌《はるか》（五歳）と奏汰《かなた》（四歳）は、いつもはおとなしい姉の美琴《みこと》（小二）が珍《めずら》しく声を張り上げたので、ビックリして遊ぶ手を止めた。

ついさっきまで嬉しそうにボーイフレンドの諒太（小二）と電話していたはずなのに、どうやら喧嘩《けんか》になったらしい。

『バカって言う方がバカなんだぞ！　美琴がそんな奴《やつ》だと思わなかった！』

という声が漏《も》れ聞こえて、直後、通話は切られたようだ。

頬を紅潮させ、仏頂面《ぶっちょうづら》で子機を見つめていた美琴だったけれど、ほどなくしてひっくひっくと泣き出してしまう。

「みーちゃん、大丈夫《だいじょうぶ》？」

「泣かないで、みーちゃん！」

美琴はしばらくしゃくりあげていたけれど、遥歌と奏汰が懸命《けんめい》に慰《なぐさ》めるうちに落ち着いて、その日はすぐに布団《ふとん》に入っていった。

そして、一夜明けた土曜日。

「みーちゃん、まだ元気ないねえ」

「そうねえ」

家のすぐ近所の公園で、ブランコに乗りながらずっとうつむいている美琴を見て、ちびっ子たちは眉《まゆ》を寄せていた。

「まだカレシと仲直りできてないみたいだから。エンレンは一度すれ違《ちが》うとたいへんって、前に雪《ゆき》姉が言ってたわ」

遥歌は最近口が発達してきて、ませたことを言う。

「エンレンって何？」

「好きな人が遠くに住んでること。諒太君、きがるに会いに行けるキョリじゃないでしょ」

電車で片道二百二十円（子供は百十円）の距離《きょり》なのだが、徒歩で会いに行けない時点でちびっ子たちにとっては十分遠距離である。

「みーちゃんに、早く元気になってほしいなあ」

「何かできることがあればいいんだけど……」

二人で腕《うで》を組んでうなっていたら、「これは奇遇《きぐう》だな」とどこかで聞いたことのある低い声に呼びかけられた。

振《ふ》り向くと、黒い学生服を着た男子が、眼鏡のブリッジを押し上げている。

「あっ、おにーちゃんのお友達！」

「ブラックだ！　にーちゃんと遊びにきたの？」

「いや……この街に腕利《うでき》きの歯科の治療師《ヒーラー》がいると紹介《しょうかい》を受けて、これから施術《せじゅつ》に赴《おもむ》くところだ」

片頬《かたほお》を押さえながら、嫌《いや》そうな顔で言う中村。

「正直気は乗らないが、北の大陸への大遠征《えんせい》（※修学旅行）を前に、五月蝿《うるさ》い羽虫ども（※虫歯菌《きん》）は殲滅《せんめつ》しておかねば、な……」

ちびっ子たちはキョトンと目を瞬《またた》いてから、難解な台詞《せりふ》は聞き流すことにして「ねえねえ」と中村の服のすそを引っ張った。

「元気がない人を元気にするには、どうしたらいいかしら？」

「ふむ……それはやはり、甘味《かんみ》を摂取《せっしゅ》するのが良いのではないか？」

「かんみ？」

「甘いものだ。今の時季ならば、皆神高校の最寄《もよ》りのケーキ屋《ＳＡＲＡ《サラ》》の和栗《わぐり》のロールケーキが一押しだな……一口頬張れば天上に昇《のぼ》った心地《ここち》となり、俗世《ぞくせ》の悩《なや》みなど淀《よど》みに浮《う》かぶ泡沫《うたかた》のごとく儚《はかな》い藻屑《もくず》と思えることだろう」

「「おお～」」

なんかわからないけどすごそう、と感嘆《かんたん》の息を漏らすちびっ子たち。

「みなかみ高校のモヨリ……モヨリって何？」

「近くのことだ」

「みなかみ高校の近くの、サラ！」

「わぐりのロールケーキだね！」

「うむ。九十九零に土産《みやげ》を頼《たの》むといい。――契約《けいやく》の刻が迫《せま》っている。縁《えん》があれば、また会おう」

ちびっ子たちがブランコの方に視線を向けると、美琴は相変わらずしょんぼりしたまま、キイキイと鎖《くさり》を揺《ゆ》らしていて、中村がいたことにも気づいていないようだった。

「おみやげとか、のんびりしたことは言ってられないわ」

「今からにーちゃんにたのんで、買ってきてもらう？」

「おにーちゃんは今日、二葉と大事なショウブがあるって言ってたでしょ」

「でも、ねーちゃんたちもいないし……」

「だから、遥歌と奏くんで買いに行くのよ！」

「えっ」

「奏くんがこわいなら、遥歌一人で行ってくるけど」

すまし顔で遥歌に言われて、目を丸くしていた奏汰は少しムッとして「奏汰も行く！」と声を上げた。


まだ公園にいたいという美琴を残して帰宅すると、遥歌と奏汰は子ども部屋に直行し、貯金箱をひっくり返す。

ジャラジャラと沢山《たくさん》の硬貨《こうか》が出てきて、ちびっ子たちの頬が思いっきり緩《ゆる》んだ。

「お金、いっぱい！」

「これだけあれば、ケーキが買えるわ」

「みーちゃん、元気になるね！　サラにはどうやって行くの？」

「たなばた祭りに行く時、バスにのったでしょ？　あれにのれば、みなかみ高校の近くに行けるはずよ」

＊＊＊

「……喉渇《のどかわ》いた。零、麦ティーもらうぞ」

「あー、オレのも注いできて」

九十九家の居間で従兄弟《いとこ》と対戦ゲームをしていた二葉は、「ＯＫ」と頷《うなず》くと台所へと移動する。

冷蔵庫からピッチャーを取り出して、テーブルに並べたグラスに麦茶を注いでいたところ、台所の隣《となり》にある子ども部屋から、ちびっ子たちの声が聞こえてきた。

「これだけあれば、ケーキが買えるわ」

「みーちゃん、元気になるね！　サラにはどうやって行くの？」


（ＳＡＲＡ？　どうしてあいつらが……）

二葉が首を傾《かし》げていたら、ちびっ子たちが目の前の廊下《ろうか》をちょこちょこと駆《か》けていき、玄関《げんかん》で靴《くつ》を履《は》き始めた。

「――おい、零。チビたちが二人だけで出かけようとしてるぞ」

「えっ」

「皆神の傍《そば》のＳＡＲＡに行くつもりらしい」

「はあ!?」

慌《あわ》てて玄関を飛び出した零は、手を繋《つな》いで歩く弟妹《ていまい》の後ろ姿を見て、舌打ちする。

「何考えてんだ、あいつら……」

「ウェイト」

二人に駆け寄ろうとした零の腕を、二葉が引き留めた。

「なんか、美琴を元気づけるためらしいぜ」

「美琴？　……そういえば友達とケンカしたみたいで、昼飯も残してたけど。でも、あいつらだけでそんな遠出は――」

「時にはアドベンチャーも必要じゃないか？　『可愛《かわい》い子には足袋《たび》を履かせろ』って言うだろ」

「それを言うなら旅をさせろだろ」

「知ってんじゃねーか。保護者の庇護《ひご》の下でぬくぬくしてるだけじゃ成長しないぜ」

二葉がウインクしてみせると、零は顔をしかめてから、弾《はず》む足取りで歩いていくちびっ子たちに視線を向けた。

「……尾《つ》けるか」

☆★☆

「おや、九十九家のチビ助たち、久しぶりだな」

道の途中《とちゅう》で、買い物袋《ぶくろ》を提《さ》げた稲川《いながわ》神社の神主《かんぬし》に会い、奏汰と遥歌は「おじちゃん！」「こんにちは」と大きな声であいさつをする。

「家族のみんなは元気にしとるか？」

「あのね、みーちゃんはカレシとケンカしちゃったの」

「なんと……それはいかんな。だが、美琴はもう彼氏がいるのか」

「うん、諒太君っていうの。にーちゃんのヒーロー部の仲間の、高嶋の弟なんだよ」

「……諒太には君付けなのに高嶋は呼び捨てなのかよ……」

電柱の陰《かげ》から会話を聞きながら、思わず噴《ふ》き出しそうになる二葉。

よく考えれば自分も二人からは『二葉』呼ばわりされているのだが、兄弟格差がツボにきた。

「『諒太君』は美琴の影響《えいきょう》で、高嶋はオレが呼び捨てにしているから？」

そう囁《ささや》く零も、口元が緩んでいる。

「それは面白《おもしろ》い縁だな。おまえたちはヒーロー部の連中と会うことはあるのか？」

「この間、じどう館のお楽しみ会でにんぎょうげきをしてくれたよ」

「めちゃくちゃでおもしろかった！」

「あの嬢《じょう》ちゃんも元気だったか？　ほら、ピンクの」

「聖おねーちゃん？　うん、おにーちゃんたちにいっぱい『こらーっ』てしてた」

「でもニコニコしてたよ」

二人の答えに、神主は「そうか、そうか」と目を細めた。


（なんで瑞姫……？　あ、交歓《こうかん》祭の時、なんか世話になったとか言ってたから、それでか？）


「あのね、おにーちゃんは聖おねーちゃんが好きなんだよ」

ガン、と電柱に零が頭をぶつけた。

「ほう、そうなのか？」

「本の間におねーちゃんの写真かくしてるの。好きだからだってみーちゃんが言ってた」

「ヒミツだよ！」

（やべえ、チビたちにまでもろバレしてんのかよ……！）

しゃがみ込んで悶絶《もんぜつ》している従兄弟を見下ろしながら、二葉は言う。

「零……生きろ」

「声が震《ふる》えてんだよ、内心爆笑《ばくしょう》してるだろ畜生《ちくしょう》!!」

ニヤニヤしながら話を聞いていた神主は、「そうだ」と片手の袋を持ち上げる。

「美味《うま》いおはぎを買ってきたから、良かったら神社で食っていくか？」

「うん、食べる～」

「わーい、おはぎ～」

あっさり誘《さそ》いに乗りかかったちびっ子たちだったけれど、ハッとしたように「ダメだよ奏くん」と遥歌が手を引っ張った。

「遥歌たち、サラに行かなきゃ」

「あっ。そうだった」

「用事があったか。じゃあ、また時間がある時に遊びにきなさい」

「はーい」

そして、バス停『稲川神社前』に到着《とうちゃく》。

皆神高校へ行くには電車の方が早いのだが、バスだと乗り換《か》えがいらないので、子どもにはいいだろう……問題は、間違《まちが》えずに皆神方面行きに乗れるかだが。

「あいつら、バスならどれ乗っても着くって思ってそうだな……」

物陰から不安そうに見守る零。

幸い、次に来たのは皆神方面行きだった。

ただ、デザインが一風変わっていて、車体の全面に美少女キャラが描《えが》かれたラッピング仕様。二葉の口から、ヒュウッと小さな口笛が漏《も》れる。

「『アイライブ！』のコラボバス！　そういえばキャンペーン中だったな」

「はしゃいでる場合か、行くぞ」

先に乗りこんでいったちびっ子たちを追って、二人もバスのステップを上がった。

＊＊＊

「なんかすごいねえ」

「うん」

コラボバスは内装も『アイライブ！』一色で、ちびっ子たちはほお～っと感心しながら、とてとてと奥の席に向かった。

後から、屈《かが》みこんだ兄たちが運転手や乗客の視線に耐《た》えつつこそこそ乗車して、サッと身をひそめたのも気付かない。

「えへへ、バス乗れたね～」

「バスなんてかんたんよ」

「遥ちゃんすごい！」

バスが動き出し、ちびっ子たちは嬉《うれ》しそうに窓から外を眺《なが》めていたけれど、しばらくして「……あ」と遥歌が声を上げた。

「降りるところの名前、なんだっけ？」

「えっ」

「えーと……うーんと…………どうしよう」

「ええー!?」

二人が涙目《なみだめ》になっていた時、「あれ」と通路を挟《はさ》んで隣《となり》の席に座っていた金髪《きんぱつ》の男子が、イヤフォンを外しながら話しかけてきた。

「九十九のとこの……え、二人だけ？」

「あっ、高嶋！」

「高嶋だ」

「呼び捨て……別にいいけどさ。どこに行くんだ？」

「あのね、ケーキ屋のサラに行きたいの」

「どこで降りればいい？」

「SARAなら『蔵石《くらいし》三丁目』のバス停で降りて、右に行って一つ目の角を左に曲がって、まっすぐ行ったところだぜ」

「「ありがとう！」」

「おまえらが出かけてること、家の人は知ってるのか？」

二人がふるふると首を横に振《ふ》るのを見て、えー、と眉《まゆ》をひそめた高嶋だったが、バスの前方の席から少し顔を出した従兄弟《いとこ》たちが「しー」と唇《くちびる》に指を当てているのに気付き、なんとなく察した。

「みーちゃんが元気がないから、ケーキを買いに行くの」

「諒太君とケンカしちゃったんだ」

「そういうことだったのか。諒太も昨日からなんか落ち込んでたんだよ……俺からも話しとくな」

頼《たの》もしいことを言った後、「ところで」とスマホを差し出す高嶋。

「せっかくだし、カメラ頼んでもいいか？　俺と空良ちゃんのツーショット！　この○のとこ、押したら撮《と》れるから」

「いいよ～」

椅子《いす》にプリントされた空良ちゃんのイラストと並んで、へらっと笑う高嶋に向けて、遥歌はカシャッとシャッターを切る。

「はい」

「お～、サンキュ」

確認《かくにん》したら、首から上が思いっきり見切れていたけれど、「どういたしまして！」と笑う遥歌が自信満々だったので、リテイクは言い出せない高嶋だった。

＊＊＊

『蔵石三丁目』とアナウンスが流れたところで待ってましたとばかりにピンポーン、とボタンを押して、無事、目的のバス停に到着。

ちびっ子たちが窓越《ご》しの高嶋へ「バイバーイ」と手を振るのに気を取られている間に、二葉たちも下車して時刻表の後ろに身をひそめる。

「バスを見た瞬間《しゅんかん》から予感はしたが、当然のように乗ってるとは……」

「高嶋、流石《さすが》の強火オタだぜ。そこにシビれる！　あこがれ……はしねーけど」

「えーと、まずは右……おはしを持つ手の方だから、こっち！」

「一つ目の角で左に……あ、あそこで曲がるんだ」

順調に進んでいた遥歌と奏汰だったが、しばらくしてハッと息をのんで、立ち止まった。

「グルルル……」と唸《うな》りを上げて、大きな犬が道を塞《ふさ》いでいたのだ。

「ワン！　ワンワン！」

犬が興奮した様子で近付いてきたので、ひいっと身を縮めるちびっ子たち。

これはまずい、と従兄弟たちが物陰《ものかげ》から飛び出そうとした時。

「いた！　ベス！」

快活な声が響《ひび》き、赤白帽《ぼう》の少年が「とうっ」と上空から舞《ま》い降りてきた。

（――どこから登場してんだよ、あいつ！）


どうやら家の屋根に上っていたらしい野田は、「シュタッ」と自ら擬音《ぎおん》を発しながらちびっ子たちと犬の間に危なげなく着地すると、人差し指を立てる。

「一つ、人より力持ち。二つ、不屈《ふくつ》の闘争《とうそう》心――」

「ワンワンワン！」

ベスが吠《ほ》えだしたので、野田は口上を止めて、「ほ～らほら」とポケットから取り出した犬用ジャーキーを差し出した。

尻尾《しっぽ》を振ってハフハフとジャーキーに食いつくベス。

野田は手にしていた紐《ひも》をベスのハーネスに装着すると、仕切り直すようにビシイッと決めポーズをした。

「おれ、推参！」

わー、と拍手《はくしゅ》するちびっ子たち。

「逃《に》げ出した飼い犬を捜《さが》してくれって頼まれてたんだ。これで任務完了《かんりょう》！　おまえたちは……」

「サラにケーキを買いに行くの」

「おお、ブラックの御用達《ごようたし》の店か！　二人だけでおつかいか？」

「うん。みーちゃんにプレゼントするんだよ」

「へえ……優《やさ》しいな。さすがパープルの妹と弟だ！　だが二人だけってのは——」

野田はそこまで言いかけて、ちびっ子たちの背後でこっそり手を振る二葉とバツが悪そうにしかめっ面《つら》になっている零に気付き、にっと口元に弧《こ》を描《えが》いた。

「もうすぐそこだけど、気を付けて行けよ」

「「はーい」」

SARAは店に入ってまず喫茶《きっさ》スペースがあり、テイクアウトは奥のカウンターで注文することになっている。ガラスのショーケースの中に目的のロールケーキを見つけて、「あった！」とちびっ子たちの顔が輝《かがや》いた。

「こんにちは！　わぐりのロールケーキください」

「はい、九百八十円です」

背伸《せの》びして遥歌が渡《わた》したがま口の中身を、店員の女性がトレーに空ける。

ジャラジャラと出てきたのは、十円玉や一円玉の山。

「二百九十、三百……十、二十、三十、四十、五十……八円。ごめんね、足りないみたい」

一つ一つ数えてから、店員が申し訳なさそうにそう告げると、「そんな……」と遥歌と奏汰は途方《とほう》に暮れたように顔を見合わせた。

「待て、零」

観葉植物の陰から助けに行こうとしていた従兄弟の肩《かた》を、二葉がつかむ。

「ゲームオーバーはまだ早い」

「だってこの状況《じょうきょう》じゃ……」

「今こそこれの出番だ」

そう言って二葉がカバンから出したのは、黒のポーチ。

数秒眉《まゆ》をひそめてから、ハッと零が息をのむ。

「そ、それは……！」

「そう――『いつでもどこでも【†刹那　騎悧斗†】セット』だ！」

中に入っているのは折り畳《たた》み式ハット、黒い包帯、ロングカーディガン、水をかけると羽根になる黒い塊《かたまり》……いつかの遠足で披露《ひろう》した、携帯《けいたい》用変装グッズであった。

「――ヘイ、そこのガール&ボーイ！」

「あっ、せつなきりとだ!?」

「本当だ！　きりと！」

驚《おどろ》く子どもたちに、「イエス、通りすがりの【†刹那　騎悧斗†】だ」と微笑《ほほえ》む二葉。

「この俺に会えるなんてオマエら、ラッキーだぜ。——ここだけの話だが、俺は今、どうしても解けない一つの難問を抱《かか》えている。オマエたちの力を貸してくれないか？」

唐突《とうとつ》もいいところだが、ちびっ子たちは素直《すなお》にコクリと頷《うなず》いた。

「いいよ〜」

「どんな問題？」

「『食べると安心するケーキってな〜んだ？』」

「……ホットケーキ！」

嬉《うれ》しそうに奏汰が答えると、二葉はパチンと指を鳴らした。

「エクセレント！　おかげで胸のつかえがとれたぜ……これは御礼《おれい》だ。センキュー」

そう言って、千円札を奏汰に渡すと、ポカンとしている店員に投げキッスを残し、颯爽《さっそう》と店を去っていく。

「やったー！　わぐりのロールケーキが買えたわ！」

「ラッキーだったね！」

「……まさか、アレが役立つ日が来るとは……そして今日も携帯してるとは……」

喜ぶ子どもたちの後ろ姿を眺《なが》めながら呆然《ぼうぜん》と呟《つぶや》く零に、合流した二葉がフフンとドヤった。

「『Perfect Preparation Prevents Poor Performance』（備えあれば憂《うれ》いなし）」

☆★☆

「あとはおうちに帰るだけだね」

「うん」

ご機嫌《きげん》で歩いていたちびっ子たちの前に、ヒラヒラと花びらのようなものが横切った。

「あっ、ちょうちょ！」

「ちょうちょ～」

二人は興味津々《きょうみしんしん》で蝶《ちょう》を追いかけて、本来曲がるべきでない路地へと入っていく。

「ダメだ、あいつら……」

「子どもってすげーな」

零は脱力《だつりょく》しながら、二葉は半ば感心しながらその後を追った。

「頼《たの》むから早くまっすぐ帰ってくれ……」

ハラハラした様子で見守る零の願いに反して、ちびっ子たちは元の道からだいぶ離《はな》れたところで蝶を見失い、ようやく本来の目的を思い出した。

「あれ……ここ、どこだっけ？」

「バス停は……？」

見知らぬ光景を見回して、みるみる顔を曇《くも》らせるちびっ子たち。

「遥ちゃん……もうおうち、帰りたい」

「わかってるわ。き、来た道を戻《もど》ればいいはず」

ぎゅっと手を繋《つな》いで、元来た方向へ歩いていくけれど、少ししたら分かれ道になって、二人は立ち止まった。

「どっち……？」

不安そうに奏汰に聞かれ、遥歌は二つの道を交互《こうご》に見てから、「こっち！」と当てずっぽうで弟の手を引く。直後、奏汰がバランスを崩《くず》して、転んでしまった。

「痛っ……う……ヒック、ヒック……」

「ごめん、奏くん、大丈夫《だいじょうぶ》？」

膝小《ひざこ》僧《ぞう》から血が滲《にじ》み、みるみる奏汰の目に涙《なみだ》がたまる。

「うう……うわああああああん」

「奏くん、ごめんね。ごめん……泣かないで」

「うわあああああん」

「奏くん……」

大声で泣き始めた弟を見て、遥歌の顔も歪《ゆが》み始める。

「泣かないでって、い、言ってる、のに……うう……うえ……」


（ここまでか……）

気が気でない表情で見ていた雫が電柱の陰《かげ》から一歩を踏《ふ》み出し、二葉も観念したのだが。

遥歌はぐっと唇《くちびる》を引き結び、涙をこらえると、「奏くん！」と大きな声で弟に呼びかけた。

「みーちゃんが待ってる！　頑張《がんば》ろう！」

「……うぐっ……ヒックヒック……うん……」

遥歌の言葉に、奏汰も袖《そで》で涙をふいて、コクリと首を振《ふ》り、それを見て零もまた戻ってくる。


「道に迷ったら、人に聞けばいいわ」

「そうだね」

手を繋ぎ直して歩き始めるちびっ子たち。

「あいつら、根性《こんじよう》見せるじゃねーか」

「……ま、オレの教育の賜物《たまもの》だね」

零は偉《えら》そうに答えたけれど、よく見ると少し目が潤《うる》んでいた。


二葉も温かい気持ちになって尾行《びこう》を再開していたら、ちょうど隠《かく》れるものが何もないところで「やっぱりこっちじゃない気がする」と二人がいきなり引き返してきたので、ギョッとする。

とっさに塀《へい》に張り付く二葉と、両手を上に伸《の》ばして電柱のふりをする零の横を、ちびっ子たちはアニメソングを歌いながら通り過ぎていった。

「……び、びびった……」

「丸見えなのになんで気付かないんだ？　助かったけど」

ドキドキする胸を押さえながら、また遮蔽《しゃへい》物の後ろへと素早《すばや》く身を隠す従兄弟《いとこ》たち。

「ぼくらは～今をかがやきたいんだよ～♪」

「――あっ、あのおねーさんに聞こう！」

「すみませ～ん、バス停はどっちですか～……!?」

「えっ、遥歌ちゃんと奏汰君!?」

しばらく進んだ先でちびっ子たちが声を掛《か》けたのは、黒髪《くろかみ》セミロングにカチューシャを着けた女子……瑞姫だった。

（今日のヒーロー部のエンカ率どうなってんだよ！）

心細かったのだろう、「聖おねーちゃん！」とまた半泣きになって抱《だ》き着いてくる二人を、驚《おどろ》きつつもよしよしと受け止める瑞姫。

「あれ、奏汰君、お膝、怪我《けが》しちゃってるね」

「こけちゃったの」

瑞姫は「そうなんだ……」と頷《うなず》きながら、カバンから絆創膏《ばんそうこう》を取り出し、奏汰の膝にぺたりと貼《は》る。

「おうちに戻ったら、ちゃんと消毒してね」

「ありがとう！」

くっ……と零が胸を押さえて小さく呻《うめ》いた。

「聖サン、マジ聖サン……」

「久々に聞いたな、その構文」

ちびっ子たちが事情を話したところ、瑞姫もちょうど図書館帰りでバス停に向かうところだったらしく、一緒《いっしょ》に行くことになった。

「この通りをまっすぐ行ったら、バス停に着くからね」

「うん！」

二人はすっかり笑顔《えがお》を取り戻し、スキップ交じりで歩道を歩いていたのだが。

「あっ」

早足で抜《ぬ》かしていった通行人に遥歌がぶつかられ、その拍子《ひょうし》に手に持っていたケーキの箱が道路に投げ出されてしまった。

(ヤバい、潰《つぶ》される……!)


直後に走り抜けた車にヒヤッとしたけれど、ケーキの箱はタイヤとタイヤの間で踏みつけられることなく被害《ひがい》を免《まぬか》れて、次の車が来る前に瑞姫が素早く回収する。

「……なんか、道路の上でケーキの箱がすーっと動いてたような……?」

「ああ、オレもそんな気がしたけど……神風?」


眉《まゆ》をひそめる従兄弟たちだったが、ほどなくしてバス停に到着《とうちゃく》し、目的のバスがやってきたので、慌《あわ》てて後を追う。

「本当に家まで送っていかなくて大丈夫?」

「うん、大丈夫!」

「ありがとう～」

瑞姫はバスに乗っていくちびっ子たちを心配そうに見送っていたけれど。

「――ありがとう、聖サン」

「シーユー、瑞姫」

零と二葉がすれ違《ちが》いざま短く声を掛けると、目を瞬《またた》いてから、花がほころぶような笑みを浮《う》かべた。

＊＊＊

「「ただいまー」」

ちびっ子たちはちゃんと『稲川神社前』で下車して、無事九十九家に帰宅した。

「おにーちゃん、二葉、見て！　……？」

洗面所で手を洗ってから居間に報告に行くと、兄たちはなぜか額に汗《あせ》を浮かべ、ゼエゼエと肩《かた》で息をしていた。

全力ダッシュで追いついて縁側《えんがわ》から飛び込んだからだが、「ああ、どうした？」と促《うなが》されると、キョトンとしていたちびっ子たちは誇らし気に箱を掲《かか》げる。

「ケーキ買ってきたの！」

「みーちゃんにあげるから、切って～」

「「ケーキ!?」」

大《おお》げさなくらい仰天《ぎょうてん》する兄たち。

「みなかみ高校の近くのサラで買ってきたんだよ」

「バスにのって、買ってきた！」

「……あのな、勝手にそんな遠くに行っちゃ駄目《だめ》だろ」

兄に怖《こわ》い顔で叱《しか》られ、遥歌と奏汰は「……ごめんなさい……」としゅんとしたけれど。

「でもまあ今回は、美琴のためみたいだし、特別に許してやる。——頑張《がんば》ったな」

そんな言葉とともに、ポンポンと頭を撫《な》でられて、パアッといっせいに顔を輝《かがや》かせた。

「けど、もう絶対二人だけで出かけちゃ駄目だぞ。絶対に絶対に絶対だからな！」

「「はーい」」

「みーちゃん、みーちゃんにケーキ買ってきたよ！」

「すご～く美味《おい》しいんだって！」

子ども部屋で一人、ぬいぐるみを抱いて座り込んでいた美琴は、息せき切って飛び込んできた弟妹《ていまい》に、ハッとしたように顔を上げた。

「え、ケーキ？」

「ブラックが教えてくれたの！　サラのケーキを食べたら、元気になれるって」

「……あいつが吹《ふ》き込んだのか……」

「わざわざバスに乗って、美琴のためにこいつら二人で買いに行ったんだってさ」

二葉の説明に、目を大きく瞠《みは》る美琴。

「みーちゃん、食べて！」

奏汰から差し出された皿を受け取り、フォークで一口、ケーキを頬張《ほおば》る。

「……美味しい」

とろけるような笑みが零《こぼ》れて、「やったー！」とちびっ子たちが飛び跳《は》ねた。

「ありがとう、遥ちゃん、奏くん」

「「どういたしまして！」」

「そういえばバスでは、誰《だれ》かに会ったりした？」

そ知らぬ顔で零が尋《たず》ねる。

「あ、高嶋に会ったよ！」

「諒太君も落ち込んでるって言ってた～」

「え。……諒太君、もう怒《おこ》ってない……？」

「向こうも仲直りしたいみたいだな」

二葉が言うと、美琴はみるみる表情を明るくして、ぱくんとまたフォークを口に運んだ。

「……このケーキ、本当に美味しいね！」

「いいな～、遥歌も食べる！」

「奏汰も、奏汰も！」

「あー、家の中でピョンピョン暴れるな。ちゃんとみんなの分あるから。ほら、これが遥歌ので――」

……そうしてちびっ子たちは、とっても美味しいケーキを食べながら。


「あのね、あのね、すごく大変だったの～」

「大きい犬がいたりね、お金が足りなかったりね……」

「迷子《まいご》になっちゃってね」

「転んじゃって、ケガもしたんだよ！」

「……うん、うん……そうか…………」


相槌《あいづち》を打つ兄がこっそり涙目《なみだめ》になっていることも、二葉がそれを見てニヤニヤしていることも気付くことなく、夢中で今日の大冒険《ぼうけん》のことをしゃべり続けたのだった。

つぶれるっ…!
ふわっ

番外編❸

氷と雪の欠片

不破《ふわ》氷雨には放浪癖《ほうろうへき》がある。

基本的に引きこもりなのだが、ときどきふらりと家を出ては、散歩というには長すぎる距離《きょり》を目的もなくひたすら歩き回る。

風景を眺《なが》めたり、物思いに耽《ふけ》ったり、空想をこねくり回したりしながら黙々《もくもく》と歩き続けるうちに、よく迷子になり、うっかりスマホも財布《さいふ》も忘れていたため公園などで野宿することになったり、職質してきた警官から同居人に連絡《れんらく》が行って、迎《むか》えに来てもらったりということも稀《まれ》にあった。

その日も氷雨は数時間歩いて、見知らぬ街に来ていた。

その視線の先にいるのは、やけにふてぶてしい顔つきの太った三毛猫《みけねこ》だ。

少し前に道端《みちばた》で出会い、その風格と妙《みょう》な存在感に惹《ひ》かれて、ふらふらと揺《ゆ》れる尻尾《しっぽ》に誘《さそ》われるように、歩く猫の後をなんとなく追い続けていた。

長い石段を上った末に、朱《あか》い鳥居が立っていて、猫はその柱の裾《すそ》のところまで行くと、腰《こし》を下ろして丸まった。

緑に囲まれた清新な空気の中、陽《ひ》だまりができている。

ここがおまえの気に入っている場所なのか……と思いながら、もふもふした体に手を伸《の》ばしてそっと撫でていたところ。

「ほう……これはまた久しぶりだな」

そんな声が聞こえて、氷雨が視線を向けると、神社の神主《かんぬし》らしき壮年《そうねん》の男が腕《うで》を組んで微笑《ほほえ》んでいた。

氷雨の瞳《ひとみ》が、かすかに瞠られる。

高三の晩秋、名雪創思に頼《たの》まれて、創思の母親の五年祭——仏教でいう法要のようなもの——に参列したことがあった。

その時、神事を担当したのがこの神主で、創思からは彼が中学一年生で喪主《もしゅ》を務めることになった母の葬儀《そうぎ》の時も色々と相談に乗ってもらった恩人だ、と紹介《しょうかい》されたのだが……。

『いやはや、驚《おどろ》いたわ』

神事が終わり、会場となっていた邸宅《ていたく》の庭の隅《すみ》で氷雨が一息ついていた時、人目をはばかるように話しかけられた。

『坊主《ぼうず》、そうとうの【力】持ちだな』

『……!?』

『わし自身には【力】はないが、【違《ちが》う】奴《やつ》はなんとなくわかるんだよ』

鷹揚《おうよう》と語る神主から敵意は感じられなかったが、当時の氷雨は自分の能力を心底疎《うと》んでいたし、他人に認めることは大きな危険をはらむと考えていた。

『何を言っているかわからない』

無表情でそれだけ答えて、会場を立ち去った。

後に創思に確認《かくにん》したところ、もちろん氷雨の能力のことは誰《だれ》にも話したことはないし、神主から氷雨について尋ねられるようなこともなかったらしい。

神事が終わると交流はなくなったそうなので、以来、氷雨もこの男と会うことはなかったのだが――。

「元気そうでホッとしたぞ。あの頃《ころ》は世界の全部が敵だというような顔をして、沈《しず》み込んでおったからな……」

穏《おだ》やかな笑《え》みとともにそう言う神主を見て、そんなに警戒《けいかい》しなくてもいい相手なのかもしれない、と思った。

「まあ、あのひょろっこい小僧《こぞう》がいれば、命までは絶たんだろうと思ったが」

彼の言う通り、氷雨がここまで生き延びてこられたのは、創思の存在があったからだ。

（もともとは、あいつが死のうとしてたのを助けたのが始まりだったのに、な……）

誰にでも笑顔で親切に接するのに、どこか他人と距離を置いている、品行方正な優等生。

創思は氷雨にとって、そんな認識の、ほとんど話したこともないただのクラスメートだった……彼が皆神高校の屋上から飛び降りた瞬間《しゅんかん》をたまたま目撃《もくげき》して、とっさに能力で救うまでは。

『……魔《ま》が差したんですよ』

理由を問うた氷雨に、創思は淡々《たんたん》と語った。

『全部、どうでもよくなったんです』

あの頃の彼は、利己的な親族たちの理不尽《りふじん》や煩雑《はんざつ》な人間関係に消耗《しょうもう》しきっていて、おそらく氷雨よりも深く、静かに絶望していた。

けれどそれ以降、氷雨に付きまとうようになって、一度死にかけて肝《きも》が据《す》わったのか、どんどん図太く強《したた》かになり、いくら拒絶《きょぜつ》しても暖簾《のれん》に腕《うで》押しで……。

「ずっと一緒《いっしょ》におるんだろう？　あの小僧も、元気にしとるか？」

「……ああ」

言葉少なに頷《うなず》くと、神主はにっと破顔した。

「あんたほどの【力】を持つ奴は他《ほか》におらんだろうと思ってたが、去年、もう一人知り合ったんだよ。あの子も悩《なや》むことはあっても、いい仲間に出会って、楽しくやっているようだ」

瑞姫のことか、と思ったけれど、現時点ではまだ不用意に名前を出して、会話を広げる気にはなれなかった。

氷雨が無言で猫に視線を戻《もど》すと、神主の苦笑《くしょう》する気配がした。

「相変わらず用心深い……まあ、いいさ。気が向いたら、いつでも来てくれ。わしは大抵《たいてい》、ここの神社に居るから」

「…………」

氷雨はやっぱり何も言わなかったけれど、その表情が少し和《なご》むのを見て、神主は満足そうに去っていった。

今度、瑞姫に神主のことを確認したら、と氷雨は思う。

創思と三人でこの神社に来てみるのも、いいかもしれない……。

☆★☆

この日は財布《さいふ》もスマホもちゃんと持っていたので、地図アプリで現在地と帰りの経路を確認して、電車でまっすぐに帰宅した。

「ただいま」

「おかえりなさい、氷雨。今夜は秋鮭《あきさけ》とキノコのクリームシチューです」

出迎《でむか》えた同居人は、やけにご機嫌《きげん》でニコニコしていた。

「実は今日、中村君の呪文《じゅもん》風の宇宙物理学バージョンを考えてみたんですよ」

「……は？」

「無の揺《ゆ》らぎより生まれいでし二十四次元のスーパーストリング。ＣＰＴ対称《たいしょう》性を打ち破り十二のクォーク、十二のレプトン、四つのフォースと成りてこの世の万物《ばんぶつ》を創生せよ！　真空に秘《ひ》められし無限のエネルギーを、時空間インフレーションにより、光と熱に換《か》えて解放せよ。来たれ！　真空の相転移！　ビッグ！　バアアアーンッ！！！！！」

両手を前に出して言い切ってから、「……どうですか？」と感想を求めてくる創思。

「……おまえ、最近本当に楽しそうだな」

脱力《だつりょく》しながらコメントした氷雨に、創思は「楽しいですよ」と穏やかに肯定《こうてい》する。

「あの時死ななくて、本当に良かったです」

さらりと漏《も》らされた言葉に、ドキッとした。

「……ときどき、俺の心が読めるのかってくらいシンクロしたことを言ってくる」

「なにか高校時代を思い出すようなことがあったんですか？」

目を瞬《またた》かせる創思に、氷雨はふっと頬《ほお》をほころばせて、「夕食の時に話す」と返した。

あとがき

こんにちは、藤《と》並《なみ》みなとです。十二巻は修学旅行編、でもって九十九《つくも》回かなと思います。
※以下、盛大なネタバレありなので、必ず本編を読んでから先にお進みください。

一〜二巻の時点では明らかに厨病《ちゅうびょう》ボーイズで一番人気がなかった彼ですが、三巻で風向きが一変。瑞姫《みずき》に褒《ほ》められて無言でフードを被《かぶ》るシーンは自分で書いてて「可愛《かわい》いなこの子……！」と思わず呟《つぶや》いたくらいお気に入りだったのですが、そこにまた素晴《すば》らしい挿絵《さしえ》を付けていただいたおかげでしょう、読者さんからの支持率が急上昇。まさかのトップに躍《おど》り出ました。

とはいえ、当時「瑞姫ちゃんと付き合ってほしい」という感想をもらった際は「いやいや、瑞姫はいったい前世にどんな業《カルマ》を背負ったんだ」と思いましたし（酷）、九十九はあの性格だし鈍《にぶ》い瑞姫が彼の気持ちに気付く日は来ないだろうな……と思っていたのですが。ががが。

　いや〜本当にいろいろと成長しましたね、彼。あの臆病《おくびょう》で頭でっかちのヘタレキング九十九が……！　これもここまで巻数を重ねられたおかげ、読者の皆様《みなさま》の応援《おうえん》あればこそです。結果はどうあれ、一生モノの青春の思い出ですよね。高校三年間、そっち方面を無風で過ごした身からしたら眩《まぶ》しいばかりです……（笑）

　ヒーロー部メンバーにアリスや菜々子《ななこ》たちも加わり、みんなで大騒《おおさわ》ぎしたり、頭をひねったり、しんみりしたり、恋バナしたり……沼津《ぬまづ》君の苦悩《くのう》も含《ふく》めて、いつも以上に青春モリモリの一冊になったのではないでしょうか。

　そんな中、バブリー幽霊《ゆうれい》のくだりはシリーズ中でも屈指《くっし》の（文字通り）ぶっとびエピソードとなり、次章との温度差がまた凄《すご》いことになってますが。

　温度差が凄いと言えば、名雪《なゆき》先生の振り幅《はば》もとんでもないですね（笑）熊《くま》投げてた人に、あんな重すぎる過去が……。氷雨《ひさめ》と名雪の過去はちゃんと書こうとすると厨病らしからぬドシリアスになってしまうので、限界までギュギュッと濃縮させてチラ見せする形でお届けしました。この人たちたぶん共依存《きょういぞん》してるのですが、ヒーロー部との出会いを経《へ》て、彼らの世界も風通しがよくなっていくんじゃないかな。

なお、宇宙物理学バージョンの詠唱《えいしょう》は、大学の先輩であるKさん（中村推《なかむらお》し）が考案してくださいました。圧倒《あっとう》的感謝！　家族や友人からの支持率は中村がぶっちぎりです。

中村推しといえば、前巻が発売された直後くらいにネットで感想を検索したら『中村君の嫁《よめ》になりたい。名字が竜翔院《りゅうしょういん》でもいい』と呟いてくださってる方がいて、ツボに入りました。竜翔院はキツイな……！　ネット検索、大好きでよくやってますが、店長がアニメ好きという居酒屋さんがアップされてた「クイズに正解すればドリンク一杯《ぱい》サービス。『厨病激発ボーイ』の野田が、体育祭の時に赤組の大看板に書いた字は？」という看板の写真を見た時も、笑いました。これその場で正解できるの私だけでは？　と。めっちゃ嬉《うれ》しかったですが。閑話休題《かんわきゅうだい》。

お留守番《るすばん》組だった虎《とら》と莉夢《りむ》も、番外編で書けて良かった。二人については結構早いうちに匂《にお》わせていたのに、莉夢がアレ過ぎて全然そっちを掘っていく機会がなかったんですよね。お互いに鈍いので進展が遅そうですが、虎之《とらの》助《すけ》は一度好きだと思ったらガンガンアピールしていくと思います。莉夢はツンデレ。でもいざ付き合いだすと、虎が手も繋《つな》いでこないので、今度は莉夢から積極的に動く……みたいなイメージ。作中で描《えが》かれることはないと思うので、ここで妄想《もうそう》を暴露しちゃいました（笑）

お礼コーナー。原曲のれるりりさん、広い心で創作を任せてくださってありがとうございます。遅《おく》ればせながらアルバム、めちゃくちゃカッコ良かったです！　イラストの大神《おおかみ》アキラさん、閉塞《へいそく》感を打ち破るような躍動《やくどう》感あふれるカバーとキャラたちの個性を的確につかんだ挿絵、惚《ほ》れ惚《ぼ》れします。イラストカットのこじみるくさん、どこまでも天井《てんじょう》知らずプラスウルトラで進化し続ける可愛さ！　ジタバタしちゃいます。担当の白浜《しらはま》さん、『今回のＭＶＰはベンジャミンなのでは？』のコメントに噴《ふ》きました。いつも本当に楽しく打ち合わせさせてもらって、幸せです。副担当の新田《にった》さん、デザインの伸童舎《しんどうしゃ》さん、校正さん……その他関係者の皆様に、心から感謝申し上げます。家族、親戚《しんせき》、友人もありがとう！

お手紙を下さった読者様。全てのお手紙が宝物です。何度も読み返して、癒《いや》しと励《はげ》ましをもらってます。本当にありがとうございます。

もちろん、今読んでくださっているあなたにも、最大級の感謝を。

読者さんの中には修学旅行が中止になってしまった方もいらっしゃるかもと思うと、胸が痛みます。世間では大変な状況《じょうきょう》が続いておりますが、厨病が少しでも元気の源や気分転換になれるよう、最後まで、全力で愛とネタを盛り込んでいくので、よろしくお願いします。

どうか皆様や皆様の大切な方々が、健康で幸せに過ごせますように。

藤並みなと

れるりりさんコメント

どうも！　れるりりです。
『厨病激発ボーイ　プライド超新星2』発売おめでとうございます！
最近1日があっという間に過ぎていきます。
みなさんも1日1日を大切に過ごしてくださいね(*´ω`))ﾉ

れるりり

「厨病激発ボーイ プライド超新星2」の感想をお寄せください。
おたよりのあて先
〒102-8177 東京都千代田区富士見2-13-3
株式会社KADOKAWA 角川ビーンズ文庫編集部気付
「れるりり」先生・「藤並みなと」先生・「大神アキラ」先生
また、編集部へのご意見ご希望は、同じ住所で「ビーンズ文庫編集部」
までお寄せください。

厨《ちゆう》 病《びよう》 激《げき》発《はつ》ボーイ　プライド超《ちよう》 新星《しんせい》2

原案／れるりり(Kitty creators)　著／藤並《となみ》みなと

角川ビーンズ文庫　22528

令和３年２月１日　初版発行

発行者――――青柳昌行
発　行――――株式会社KADOKAWA
〒102-8177　東京都千代田区富士見2-13-3
電話 0570-002-301（ナビダイヤル）
印刷所――――株式会社暁印刷
製本所――――株式会社ビルディング・ブックセンター
装幀者――――micro fish

●お問い合わせ
https://www.kadokawa.co.jp/（「お問い合わせ」へお進みください）
※内容によっては、お答えできない場合があります。
※サポートは日本国内のみとさせていただきます。
※Japanese text only

ISBN978-4-04-109993-3 C0193 定価はカバーに表示してあります。

厨《ちゅう》病《びょう》激《げき》発《はつ》ボーイ
原案：れるりり(Kitty creators)
著：藤並みなと
chubyou gekihatsu-boy
見届けてくれ、俺たちの青春！
プライド超新星③
2021年秋発売予定!!
だぜ♪

角川ビーンズ文庫
脳《のう》漿《しょう》炸《さく》裂《れつ》ガール
nou shou sakuretsu girl
原案:れるりり
著:吉田恵里香
イラスト:ちゃつぼ
第1～6巻
大好評
発売中!!
ニコニコ動画で関連動画再生数
4000万超えの神曲、小説化!!
高校生の市位ハナは、目を覚ますとクラスメイト達と檻の中にいた。そこでハナは、ケータイを使った命がけのデス・ゲームに参加する事に!! ハナは同じ名前で正反対の性格を持つ、憧れの同級生・稲沢はなと共に、ゲームに挑んでいくが――!?
●大好評既刊●
①脳漿炸裂ガール ②脳漿炸裂ガール どうでもいいけど、マカロン食べたい
③脳漿炸裂ガール だいたい猪突猛進で ④脳漿炸裂ガール チャンス掴めるのは君次第だぜ
⑤脳漿炸裂ガール さあ○○ように踊りましょう ⑥脳漿炸裂ガール 私は脳漿炸裂ガール
以下続刊 文庫／A6判／本体:各580円+税

「脳漿炸裂ガール」「厨病激発ボーイ」に続く、
新たなる、れるりりワールド!!
僕がモンスターになった日
原案:れるりり
(Kitty creators)
著:時田とおる
イラスト:M|W
(Kitty creators)
①②巻
大好評
発売中!!
疾斗が目を覚ますと、幼なじみの護、美少女・つかさ、生徒会長の悠弦、お調子者の功樹の姿が。共通点はゲームで『レベル99』になったこと。そこで突然モンスターに襲われ、魔王を倒すまで出られないと知り……!?
角川ビーンズ文庫

超人気!! HoneyWorks×大人気歌い手の、
新プロジェクト「Dolce《ドルチェ》」小説化!!
灰賀一騎《はいがかずき》
CV: 坂田明
白雪風真《しらゆきふうま》
CV: こいぬ
豆井戸《まめいど》　亘利翔《ぎりしゃ》
CV: いそろく
次の主役!!
アイドルの恋は
どうなっちゃうの!?
塔上沙良《とうじょうさら》
CV: 浦田わたる
眠《ねむり》　桔平《きっぺい》
CV: るぅと
2021年2月
第2弾発売決定!
好評発売中!!
Dolce
アイドルが
恋しちゃ
だめですか?
原案 HoneyWorks
著 小野はるか
イラスト ヤマコ、桐谷
Dolce2
アイドルがアイドルに
恋しちゃだめですか?
原案 HoneyWorks　著 小野はるか
イラスト ヤマコ、桐谷
角川ビーンズ文庫

角川ビーンズ小説大賞
原稿募集中！
ここが「作家」の第一歩！
イラスト／伊東七つ生
賞金 大賞 100万円
優秀賞 30万円
奨励賞 20万円
読者賞 10万円
締切 3月31日
発表 9月発表（予定）
応募の詳細は角川ビーンズ文庫公式サイトで随時お知らせいたします。
https://beans.kadokawa.co.jp